U0772762

羊乃食中至尊。在古人们朴素的意识里，拥有一只"大羊"才是"美"的。

嘉鱼

鱼类：鱼羊为鲜，自古就是美味的代表，鱼类一直是食客们的心头之爱。

荏菽

荏菽：是豆类植物的统称，也可以特指大豆，由此衍生出的豆腐、豆芽、豆浆、豆酱等豆制品，都是中华美食文化不可分割的一部分。

桃：桃脯、桃酥，还有娇艳的桃花，都为我们的生活平添几分乐趣。

黄庭坚《戏赠彦深》诗："葱秧青青葵甲绿，早韭晚菘羹糁熟。"生活之趣与田园之乐，往往就在这些青翠欲滴的葱、葵、韭之间。

杞

枸杞：枸杞不但是常见的滋补药材，也是美食中美妙的点缀。

生活的滋味有时就蕴藏在这花椒之中。

荷華

"江南可采莲，莲叶何田田。"我们采新花藕怕是要早，见花不见莲。

将葛根磨碎，滤去茎渣，白色的葛浆在水里沉淀下来的部分便是葛粉了。

"二月二，挑荠菜。"农历二月初的荠菜最好，嫩，香，味足。

山枣、山里红、山茶……这些山野小吃苦涩，泛着些微的甘甜，也如这原汁原味质朴的情感，回味不尽。

苦涩的野菜有时会让人感受真实的生活。

荇菜、菱角等这些生长在水中的野菜，有着别样的风味。

鸡

鸡周身是宝，鸡蛋和鸡肉都是餐桌上不可或缺的美味。

蒲

蒲儿莱、水芹、野菱秧等，组成色彩各异的"湖中八鲜"，装点我们的餐桌。

埤雅云
淳菜
福州府志云
紫蓴
正字通云
油蓴

茆

莼菜：别名马蹄菜、湖菜等，春夏季可以采其嫩叶作菜蔬食用。

美食里的人生故事

淮扬有味是清欢

陈绍龙 著

北方联合出版传媒（集团）股份有限公司

万卷出版公司

ⓒ　陈绍龙　　2019

图书在版编目（CIP）数据

淮扬有味是清欢：美食里的人生故事 / 陈绍龙著
. — 沈阳：万卷出版公司，2019.12
　　ISBN 978-7-5470-4828-3

　　Ⅰ.①淮… Ⅱ.①陈… Ⅲ.①散文集—中国—当代
Ⅳ.①I267

中国版本图书馆CIP数据核字（2019）第183265号

出 品 人：刘一秀
出版发行：北方联合出版传媒（集团）股份有限公司
　　　　　万卷出版公司
　　　　　（地址：沈阳市和平区十一纬路25号　邮编：110003）
印 刷 者：辽宁新华印务有限公司
经 销 者：全国新华书店
幅面尺寸：145mm×210mm
字　　数：220千字
印　　张：10.5
出版时间：2019年12月第1版
印刷时间：2019年12月第1次印刷
责任编辑：李　明
责任校对：佟可竟
装帧设计：张　莹
ISBN 978-7-5470-4828-3
定　　价：39.80元
联系电话：024-23284090
传　　真：024-23284448

目　录

第二辑：水之鲜

第三辑：家之馐

第五辑：饕之语

第一辑：食之咀

羹

"喝吧。"

冬燥，口干，唇上起了层"锅巴翘"。我不时地用舌头舔，把唇润湿，这样舒服些。不过两日，唇上的"锅巴翘"倒是落了不少，哪知，患处却布满了血印，像涂了口红似的。多有不适，感到很是难受。爱人见状，说上火了，忙着买了莲子、白木耳、枸杞、冰糖熬了半锅的羹。一大早，她便把莲子木耳羹端到了桌上。

熬煮过的银耳粉嘟嘟的，与白瓷碗浑然一体，浓稠而有质感，素雅清淡，绵糯玉润。莲子已煮开花，瓷白的莲子仁混搭其间，嫩绿的莲心和赭红的枸杞成了点缀，纵使色彩对比鲜明，却也不闹不喧，玲珑剔透，透着高雅和静气。汤匙在碗边划拉，一时都不忍搅动。

"自此长裙当垆笑，为君洗手做羹汤。"配料，清洗，厨间忙碌，洗手更衣，小火慢炖，静心地守候，小心地关照，耐心地等待，氤氲的雾气里，笼罩着羹的味道、家的味道、爱的味道。我不比司马相如的才气，爱人也没有卓文君的财产，共有的却是彼此真实的生活，相濡以沫的日子都在一杯羹吐露着的浓浓热气中。

在古代，羊乃食中至尊。在古人们朴素的意识里，拥有一只"大羊"才是"美"的。中原农牧民族以羊为鲜。"羹"中有两只"羊"。"羹"之美自然不容怀疑。

"六月槐花飞，忽思莼菜羹"，岑参见花思羹，不怀疑他对羹的钟爱；"滑忆雕胡饭，香闻锦带羹"，杜甫在胡饭里嗅到了羹的美味；"正是如今江上好，白鳞红稻紫莼羹"，韦庄说得更是直接，江上好的时光里，食紫莼羹那是一定的喽。猜想也罢，推测也罢，思念也罢，羹如诗美，在诗人的脑子里，在食客的心中，早已扎下了根。

隔壁一张姓邻居，叫张家根。而他偏偏好吃螃蟹羹，自己也会做。他开了一家小餐馆，螃蟹羹成了他家的招牌菜。螃蟹羹鲜香滑腻，营养好。他说螃蟹羹是羹中的佳品。每年秋季螃蟹上市的时候，他都会买好些螃蟹回来煮熟，去壳，敲开螯，用牙签把里面的蟹肉仔细剔出。然后把蟹肉、蟹黄、蟹膏打包放在冰箱里，留到日后做螃蟹羹，差不多能吃上一年的时间。更有意思的是，他的餐馆的名字就叫"张家羹"。好些吃客到他小餐馆吃饭，也都是冲着螃蟹羹去的。

早年家贫，奶奶却能给全家做出一锅鲜美的豆腐羹来。说是豆腐羹，其实，也不过半块豆腐。葱、姜煸出香味，把胡萝卜切成丁，将海带切成发菜般的细丝，豆腐切成豆粒大的方块，半锅的汤里仅有的豆腐和海带们依然显得料少。奶奶毕竟是做羹的好手，她把一只鸡蛋打成花，放在沸水里搅动，说也怪了，蛋絮细若游丝，仿佛满锅都是，最后，加上山芋粉的勾芡，整个一锅羹变得内容丰富起来。豆腐白，蛋花黄，辣椒红，海带褐，色汁好看，亦菜亦汤。要是在豆腐羹上淋几滴麻油，或是再放些炒香碾碎的花生米，那简直是羹中的极品了。这是我奶奶说的。我在奶奶的描述中有过好多美好的想象。其实，奶奶做的豆腐羹已经很好吃了，那淋过麻油、加了碾碎炒香的花生米的羹是什么味呢？羹如诗，奶奶对羹的描述也就这样搁在了我的心里，使我对羹有了更多美好的期待。这样的期待成了憾事，自小，我就没吃到那淋过麻油、加了碾碎炒香的花生米的羹。好多年过去了，如今，吃上那淋过麻油、加了碾碎炒香的花生米的羹也绝不是难事，但奶奶早已离开了我们，这，又成了我心中更大的憾事。

鲜

"鲜"是一道菜。鱼羊鲜。

那天到饭馆"小菜香"吃饭，老板娘亲自端上来一碗汤后并没有立时离开，望着我。她间或余光飘过汤碗。我猜出了她的心思。"小菜香"门脸不大，老板娘也兼做厨师。我是熟客，有什么拿得出手的菜品她会让我给她"提提意见"。

我舀了半勺入口，像是认真地在品尝。

"鲜！"

听到我的评价，老板娘紧张的情绪片刻放松了下来。散开的笑意，像是有一串小鱼忽儿兴奋地在眼角四下逃窜，进而泛起了水花。

在老板娘转身的当儿，我又不禁把勺子伸进汤碗。汤，乳白醇厚，散开的热气也变得绵柔细软、丝丝缕缕。一时间，屋子里满是香气。什么汤？同桌的几个朋友自然难敌我"嘶嘶啦啦"喝汤声的诱惑，跟着拿起了勺子。只是一会儿，几只勺子在碗边划过细响之后，汤穷鱼现，碗底还有细碎的肉丁。是羊肉。

"鲜！"

"鲜！"

朋友跟着呼应起来，夸说菜的好。哪想，我不经意说出的一个字，却叫我言中了菜名。

中国字表意。中国字有味道。望文生义，望字生义，生出一道菜谱来。有人打起了"鲜"的主意，做出了这道菜。

"鲜"成了一道菜。叫我想不到的是，这道菜还曾是宫廷菜。在南宋称它"鳖蒸羊"，口味与"鱼咬羊"相类。"小菜香"的老板娘称这道菜叫"鱼羊鲜"。

北方人以羊为鲜，南方人以鱼为鲜。北方多山，南方多水。盱眙原属安徽，20世纪50年代划归江苏，地处淮河岸边。秦岭淮河一线是中国南北方的分界线。鱼羊同蒸，聚南北两鲜于一盘，能做出一道"鱼腹藏羊"的"鱼羊鲜"来似乎是顺理成章的事情。"鱼羊鲜"骨酥肉烂，不腥不膻。后来我才知道，"鱼羊鲜"是徽菜中的名品，想来自然不怪。

做"鱼羊鲜"用鲜鳜鱼、鲫鱼居多。鱼取下头尾，不宜过大，不出一斤为佳。带皮羊肉洗好，切成方块。鱼煎至皮黄，佐以姜、葱煸出香味，放入肉丁，小火烧煮，大火收汤，绍酒去腥，胡椒去膻，白糖提鲜，酱油着色，菜心添彩。

传说有个农民带着羊过河，羊不慎落水，鱼争而食之。有渔民轻舟荡过，撒了一网，捕上来的都是肚子里装满羊肉的鱼。

渔夫不舍羊肉，于是连鱼一块儿蒸煮，出锅的鱼奇香无比。继而名声大噪，多有仿效，"鱼羊鲜"便在江淮一带流传开来。

传说罢了，我不信。鱼能撕开羊皮？做"鱼羊鲜"的多为鲫鱼、草鱼，它们哪有食人鱼锋利的牙齿？水虎鱼们在南美亚马孙河呢。生拉硬扯把"羊"与"鱼"搁一块儿了。传说自然无须考证，也没法考证。这也无妨。"鱼羊鲜"倒是真的。其菜是鲜美无比。纵使你没有太好的厨艺，把鱼和羊肉一块儿随意煮了，鱼汤鲜，羊汤鲜，鱼羊混煮，哪有不鲜之理？难怪那天朋友喝过汤之后私下调侃：哇！怎么感到胸前发胀，莫非它鲜得也能给男人催奶？莫非鲜汤比酒烈，说了醉话，笑煞。

炙

肉在上，火在下，"月"象形，"炙"会意，再端详一会儿，没准这个"炙"字会让你流出口水来。

一只铁制凹槽上，横排着一根根的铁丝。铁丝上穿满了一块块肉。槽内堆有木炭火。木炭黑，入槽红，成烬白。文火无焰，也无烟。只是在人向横排着的肉上撒作料的时候，那火仿佛是受了惊吓，抑或它也受不了辣椒粉的刺激，进而有了激烈的反应，一团蓝火随着一阵烟气"呼"地腾起，既而迅即散去。空气中弥漫着烧烤的浓香。

每每晚归，我都会在烤羊肉串的那位新疆师傅的摊前"留恋地张望"。原本并不精神的一块羊肉，接到火力，慢慢地膨胀，冒着一个个小气泡，冒着一串串小气泡。气泡"叭叭叭"地碎响，香气出。人们笼罩在小城浓浓的香气中，夜市多了乡野的味道。

围绕在烧烤摊前的哪里只是孩子，坚持坐得久、坐到最后离去的，多是大人。

夜至，当晚喝过酒的人们酒劲也散得差不多了，只是那股兴奋劲儿还没退。不回，不归，闲荡中那不时腾起的蓝光成了最大的诱惑，不去推杯换盏，摊前小酌倒是可以的。烧烤摊边喝啤酒成了最好的选择。小城的这一帮帮饮食男女们，围坐在一个个烧烤摊边，横撸肉串，竖饮啤酒，窃窃私语也有，划拳行令也有。月在上，月不传话；风过往，风不多言。夜渐倦，酒瓶堆了一地，总有站不稳的。桌边那一只只滚动的啤酒瓶的声响老是在我的耳边挥之不去。

我经过的街道"小菜香"饭馆旁边还有专事烤鱼的。烤鱼跟烤羊肉串差不多，所不同的是鱼是现烤现杀。边上有一水池，鱼在池里游动。食客会根据自己的食量选择大小不等的鱼。鱼从脊背处剖开，铁丝同时穿过两片鱼片，因鱼大，烤的时间比烤羊肉串的时间要长，翻动鱼得双手协力，动作远不如新疆师傅迅疾好看。烤出的鱼不只有鱼的鲜美，其焦黄的肉在嘴里口感比煮出来的鱼又多了些嚼劲。去年我在厦门，在一家小餐馆用餐，点了一份烤鱼。想着厦门临海，烤的莫不是海鱼？烤出来的海鱼是什么味呢？我好奇。哪知上桌时我才发现，这盘烤鱼并非海鱼，是草鱼，也是一条淡水鱼，更特别的是，它是烤后又下锅煮的。这种烧煮烤鱼既有烤鱼的焦香松脆，又有煮鱼鲜美的汤汁，也好吃。

"脍炙人口"原本就是说细肉烤肉好吃的，却叫人用着夸说诗文事物的好。让吃货们无奈，像是遭了贼似的。

其实，在炭火上烤的哪里都是肉，也有菜蔬。我看过有烤韭菜、烤茄子的，还看过烤青豇豆的，不同的是烤菜蔬时烤的时间不能长。出炉之后，烧烤师傅会迅速地从一旁的盒子里拿出一把刷子来，把自配的酱汁涂在这些菜蔬身上。常常在烧烤摊前看到有"蝴蝶嘴"的孩子，嘴巴两边还留有酱汁。我就知道，这些都是刚吃过烧烤的孩子。只是这让人疑心，这些孩子是真的喜欢菜蔬，还是喜欢那些酱汁呢？

火的出现是人类文明的进步，也给饮食带来了革命。

糟

糟是酒渣，能食，也指用酒或酒糟腌制食物。

"糟糠不饱"，《盐铁论》里提及的糟就是吃的。酒之余，粮之余，糟糠终究是酒和粮食的下脚料，营养不多，口感不好。"吃糟腌菜"自然不是好生活，吃起来还没面子。

《笑林广记》里有一则笑话：一人家贫，喝不起酒，每次吃两个糟饼就有醉意。有朋友问，你早上喝酒了？他如实答，我吃的是糟饼。回家告诉妻子。妻子不比丈夫那么愚钝，说你就告诉朋友说喝酒了，这样有面子。又遇友，他按照妻子的意思回答。朋友问，酒是烫着喝还是凉着喝的？他回答，是油煎的。此公又回家告诉妻子。妻有愠色，又教他说，是烫着喝的。复遇友，如是答。哪知朋友又逗他，你喝了多少？他伸出两手指：两个。还是糟饼呀。

虽是笑话，但也可以看出，旧时，吃糟在平民穷人中也很常见。糟是粗劣食物。糟糠之妻，说的就是贫穷时共患难的妻子。

糟货却是好东西。

腌糟货是中国美食的一绝。几经沉积，几经发酵，食物有了脱胎换骨的变化。"公不见肉糟淹更堪久邪?"《晋书》里的话告诉我们，糟过的东西保存也久。这让人们有更多的时间消受糟货。

南方的黄梅雨季，妈妈每年都会想着为我们做糟豆腐。老豆腐，切成方块，在锅上蒸过，晾干，码在大大小小的广口玻璃瓶中，加上糟卤、盐，密封。一周后，糟豆腐柔糯可口，香气扑鼻，是早晚佐餐的佳品。妈妈会把这大大小小的瓶子让我们拿回家去。吃完了，妈妈又会把塞满糟豆腐的瓶子给我们。我们从糟豆腐细腻鲜香的口感里，品出了妈妈菜的味道。

家乡人有酿米酒的习惯，酒多了，酒糟也就多了，制作的糟货便也多了。家乡人除了糟豆腐之外，可糟之菜异常丰富，有糟鸡、糟鹅、糟鸡爪甚至糟毛豆等，似乎是入口之物，皆可糟之。

糟货的历史悠久，两千多年前的《楚辞》便有记载：南宋之后吃糟成风，什么糟鲍鱼、糟羊蹄、糟猪头肉的应有尽有；到了元、明、清，除了市上供应糟制品外，已发展到家庭自制了。

"旧交髯簿久相忘，公了相从独味长。醉死糟丘终不悔，看来端的是无肠。"陆游写的"糟蟹"今天仍很普遍，超市里便能买到。我爱人不习惯吃糟蟹，嫌它生，有点腥味。这倒好，每次从超市里买回糟蟹，我都是独自消受。

"鳊、鲌、鲤、鲫"，都是上等河鲜，淮河鲌鱼曾是贡品，受到皇上的垂青。"寒潭缩浅濑，空潭多鲌鱼。网登肥且美，糟渍奉庖厨。"梅尧臣的《糟淮鲌》为我们家乡的糟鱼扬了名。"楚人怀沙死，葬腹千岁余。今兹有遗意，敢共杯盘疏。"只是他心不在鱼，吃着吃着，想起他的政治偶像屈原来了，睹物言志，这样的糟鲌鱼，吃出了另一种的滋味。

因糟而成的小吃更具风味。糟田螺肉质鲜嫩，汁卤醇厚，入口鲜美，成了上海的著名小吃；糟辣椒则是云南贵州的调味品，又因其香、辣、酸、脆的独特风味，成了不少人喜好的佐餐小菜；醪糟这道家家喜爱的四川小吃，又哪里只是四川人喜欢呢？每每看到电视上那则雨巷里挑着木桶、戴着箬笠的妇女唤"黑芝麻糊"的时候，我都会想起卖醪糟的场景来。醪糟不只是市民百姓的最爱，它也成了高档宴会上的一道甜食。

糟糟鲜，朝朝美，所有的日子，有了糟的存在，仿佛更有滋味。

秋

　　缕缕轻烟，有色有味，总叫我想起秋野里那一簇簇飘着谷香的篝火。春饥，夏渴，冬燥，没有一个季节像秋天这样有滋有味的了。

　　秋的异体字，从禾，从龟。字书上说龟是龟验，其火是灼龟之火、卜龟之火。其实，于我们而言，这火有温可感。手持禾、谷、豆、山芋，烧秋里有我们快乐难忘的记忆。

　　秋深，草枯，谷熟。拾秋是大人的事，是老人的事，我们也拾。拾秋是为烧秋。粒粒皆辛苦。拾秋就是拾地里落下的粮食。谁的身上都带盒火柴，谁的身上都带只菜锹。菜锹是缩微版的锹，有"丁"字形的木柄。平日菜锹是挖菜用的，我们用它挖火塘。往往就地取材，从田沟里用手随便划拉些稻秸，或是枯豆叶，把稻秸、豆叶放在火塘里，人们便围坐在火塘周围，开始烧秋了。

火苗出，灼人，不太可近，我们手持稻穗，放火上燎。借着火力，极短的时间，稻粒便发出"叽"的细响，随着响声，稻壳也跟着剥落。你得眼疾手快，把爆开雪白的米花接住。米花脆，焦香出。饥馑岁月，这一丁点儿喷香的米花也能让我们的味觉兴奋不已。我们没有更多的时间品尝。紧接着便有一串"叽叽叽"碎响，我们一只手就忙不过来了。眼看着米花们一个个落入火塘，一眨眼的工夫，米花由白变黑，继而一阵黑烟，飘散开的，就只剩下一缕糊味了。

懊恼多了也使我们变得聪明起来。我们烧黄豆。黄豆粒大，也不易爆开和脱落，其香更浓。豆在壳里有响，我们像手持拨浪鼓样的把一枝黄豆在火上烤，壳近焦，响声急，我们知道黄豆烤得差不多了，便把手从火上移开。我们并不急着去吃这些烤熟的豆粒。我们把这串"拨浪鼓"放耳边小心地摇摇，好像这豆粒在壳里发出的响声也变得有了滋味。我们小心地从壳里剥出豆粒，焦黄的香味，豆腥味，伴着灼口的热气，迅即在口腔里四下散开。兴起，我们还会把黄豆抛向空中，仰脸，张大嘴巴，来个空中接豆。天旋地转，空气中弥漫的不只是烧秋的香气，也有我们童年的快乐。

我们还烧过绿豆、豇豆、玉米。烧秋多有闪失，也受烟熏火烤之苦。好些烤好的谷粒落到了灰里，我们寻它不着。我们常常去挖地里的土豆、山芋埋在火塘里烧。只是火候不够，土豆、山芋大多夹生，熟了的只是外表。中间不熟的部分我们咬两口多半扔了。我们还在火塘里烧过鱼。鱼是地边水沟里的小鲫鱼。鲫鱼得用荷叶包着，埋在火塘里。打开荷叶，烧熟的鲫鱼雪白粉嫩，随着一股热气腾起，带着荷香的鱼味四散开去。看到鱼皮鱼肉粘在荷叶上，我们便把小嘴伸了去。纵使有荷叶叫我们唷了下来，这也无妨，我们再把这些碎荷叶连同鱼刺吐出就是了。恕我年少无知，我们还用荷叶包过青蛙。青蛙肉质细腻鲜美，难怪人们称它说田鸡，其肉味远在家鸡之上。

那天到"小菜香"吃饭。老板娘竭力推荐了一道红烧牛蛙。我连连摇头，她不解。老板娘哪里知道，长大以后，我就再也不吃林蛙、石蛙了，哪怕这些蛙都是养殖的。这并没有留下我对美食的缺憾，或许，却是对我童年时烧秋的救赎。

飧

昨天看一档电视节目，主持人问一个到中国来的留学生："你学习汉字的最直接的感受是什么?"留学生是个女孩，想了一下，操着生硬的汉语说："写字像画画。"

这是我第一次听说写汉字有这样奇妙的感觉：字里有画。

想想也是，中国字表意，望文生义。比如飧，会意，从夕，从食。夕阳西下，人们围坐在一起举箸把盏，画面一出，不会写汉字的那个女孩都一定会明白这个字的意思：晚饭。

Yes！

古人一日两餐，早饭和晚饭。早饭叫饔，晚饭叫飧。我在想，这"饔"不会那么早；"飧"，也不会那么晚。《孟子》里说"贤者与民并耕而食，饔飧而治"。朱熹有注"朝曰饔，夕曰飧"。成语"饔飧不给"，其解释是"一日三餐不能自给"，形容穷苦。如此说来，是一日两餐不能自给。

"君未覆手，不敢飧。"飧还有"散饭"的意思。将饭投于水中，饭自行散开，有点像上海人吃的水泡饭、浙江人吃的菜泡饭。《国语》里"饩饭不及壶飧"说的就是"泡饭"。当然，这样的泡饭味道远没有丰盛的酒肴"饩饭"好吃。怕是这"饩肴"一时等不来，像上海人时间匆忙，生活节奏快，常以开水泡饭打发得了，等不到的"饩肴"自然没有现成的"壶飧"好喽。

早餐和晚餐中，古人看重的是晚餐。这样一来，飧便有了更普遍的意义，也指熟食和饭食。"盘飧市远无兼味，樽酒家贫只旧醅"，杜甫《客至》里提及的飧也不再说的是晚饭了。"飧食"，指的就是饭食；"飧粥"，指的就是稀饭。

一天将尽，多有闲暇，华灯初上，把盏轻酌，晚餐多了点温暖的色彩和怡情的成分。"闲倾残酒后，暖拥小炉时。舞看新翻曲，歌听自作词。鱼香肥泼火，饭细滑流匙。除却慵馋外，其余尽不知。"白居易在《残酌晚餐》这个唐代版的烛光晚宴里是何等的享受。歌之，舞之，足之，蹈之；美食，美酒，怡然自得，闭目享受，所有的烦忧还"知"它什么？

"你妈妈喊你回家吃饭。"上网发现，这句无厘头的话一下子蹿红，好些人摸不着头脑。其实，事情多有因果，温暖的指向，亲情的召唤，去黑趋光的本性，谁又不相信回家吃的这顿饭是晚饭呢？

前些日我到厦门度假，我和爱人每天做的最有意义的事情就是做一顿晚餐。女儿和女婿中午都不回来吃饭。煲汤，小炒，海鲜，菜蔬，小火慢炖，大火爆炒，想着女儿北方人的口味，顾及女婿南方人的习惯，掐准的时间里打开门。灯不亮，话语轻，一家人围坐在一起，温馨的时光里品尝着美食的味道、家的味道。把这种情怀放大到极致的就是中国人的那顿年夜饭了。一年，一家人，所有的辛苦和荣光，所有的痛楚和喜悦，都在晚餐之中、团圆之中，举箸笑谈之间，让家里人分享，让家里人分担。

臼

臼有好口福，含英咀食。却是空有一张石嘴，哪会品出人间美味？

臼，舂也，舂粮的器具。那字中间的四点，分明能看到米的影子、蒜的影子、美食的影子。象形表意的汉字就是这么有意思。古者掘地为臼。臼为土。后来的石臼硬实，加之有横穿的木石为杵，其舂粮的功效自然大增。

打我记事的时候，我家门前就有一只石臼的。我奶奶说，这石臼也不知是哪年的"老古董"了。有脱粒机了，石臼就再没舂过米、面。石臼凹槽内积满了积水，水体早已泛绿。村上好些石臼也大多如此，有的东倒西歪地散落在墙角、路边，有的已有半截埋在土里。再寻和它配套的杵，哪还有影子。"老古董"更显孤单，甚或凄凉。

石臼高近二尺，上下口呈圆形，内有锥形凹槽。表层粗糙，外围四周有棱角，内圆外方，做工也很是精细。

石臼是配着石杵用的。石杵是一枚放大了的针。细长有尖，顶有针鼻，鼻间横穿一木柄。用时只消手持木柄，对着凹槽里的稻米或是其他粮食，反复捣它便行。

早年，我是见过我奶奶在凹槽内捣过米的。秋收，我奶奶是要去拾稻的。要是有近斗的稻，奶奶便会想着把石臼的凹槽清理干净，将稻倒进槽内，持杵捣稻。不出二日，我家便能吃上一顿香喷喷的米粥甚至白花花的米饭。

麦收季节，新麦面下来了，奶奶首先想到的便是做一顿手擀面。其时，恰好新蒜上市，我便忙着剥蒜，剥好的蒜放在蒜臼里捣。蒜臼木制，粗不过碗口，配有一只球头的木杵。捣时左手覆住臼口，右手在左手拇指与食指间留出的空隙处持杵捣蒜。捣出的蒜泥黏稠泛黄，拌上作料，精盐提味，生抽着色，麻油添香。要是有闲，煮一只鸡蛋，剥去壳，一同放在蒜臼里捣碎，浇在刚出锅的手擀面上，会让你觉得，人间美味此处出。

有一次，我在中药店抓药，看到柜台上有一铜盅。抓药人将几味中药放在盅内，盖上盖，"咣咣咣"捣几下。打开盅盖，我一看，其工作原理、结构和模样不也类似我家门前的石臼和蒜臼吗？后来我知道了，这个铜盅叫"药臼"。药食同源，这药，对于病人来说，何尝不是一道佳肴。

臼纳百味。只是"色丝齑臼"夸说的却是"绝妙好辞"，却忽略了臼中美味。

《世说新语》有这样一个故事。曹操尝过曹娥碑下，杨修从碑背上见题作"黄绢幼妇，外孙齑臼"八字。曹操问杨修："解否？"杨修果然聪明。对这八个字——一解读："黄绢，色丝也，就是'绝'。幼妇，少女也，就是'妙'。外孙，女子也，就是'好'。齑臼，受辛也，就是'辞'（繁体'辞'的异体字就是'受'字右边放个'辛'）。合起来就是'绝妙好辞'的意思。"齑臼的"齑"，指的是姜、蒜、韭菜等带有辛辣味的调味品，"齑臼"的功用就是受纳那些辛辣调味品。只可惜杨修聪明反被聪明误，反丢了卿卿性命。郑板桥的"难得糊涂"倒是人生一训。个中滋味，远比臼中美食要耐嚼得多。

脯

脯，从月，从甫。月是肉；甫，亦声亦形，也是肉。《说文解字》里说，脯，干肉也。这个拥有"两块肉"的"脯"，从造字本意来看，我们能揣摩出它的意思，一是古人加工佐餐的干肉是如何繁复精心；再者，这干肉又是何等的美味。

梅尧臣在《腊脯》里说它"考之新月录，美脆胜庖牛"。"巡檐攫脯脩，入舍掠脍炙"，陆游说的"脯脩""脍炙"都是肉。

干肉香，我们叫它腊肉。入冬以后，冬至起，日渐长，阳光足，家乡人便开始腌腊货了。不只是腌肉，也腌鸡，腌鸭，腌鱼，还有野兔什么的。十天半个月之后，肉出卤，洗净，挂在檐下，借着阳光的力，其色渐次沉稳，其香渐次溢出。年关渐近，看到这一排大大小小的腊货，对过年的滋味，你有了足够的想象空间，便会觉得日子有滋有味，殷实而富足。

汲取流岚风雨，汲取阳光的汁儿，几多沉积，几多吐纳，腊肉的味道有了脱胎换骨的变化，其散发出来的陈香非一般食物可比。无须添加任何作料，切几片腊肉放碗里，碗放在煮饭的米上，饭菜同出。饭有了股淡淡的腊香味，揭开锅盖，满屋生香。路过的村民两三天都会记着问你："你家蒸腊肉了？"

腊肉中的金华火腿算是有名响的了，它给腊肉扬了名。如何烹饪如何好吃哪要我饶舌？

陆游说的"脯脩"都是干肉。《周礼》云："脩，脯也。"唐贾公彦疏："谓加姜桂锻治者谓之脩，不加姜桂以盐干之者谓之脯。"也有说脯是初做成的干肉，脩是做成时间比较长的干肉。我国制作脯的历史悠久。《礼记》有"牛脩鹿脯"，《论语》有"沽酒市脯不食"。什么五味肉脯、白脯法在南北朝时已多有提及，唐代"赤明香脯"，元明之际的"千里脯"，皆脯之有名者。我国古代还有"束脩"之说，十条干肉为"束脩"，是学生向老师送的礼物，也指酬金、学费。

20世纪70年代，我在一所乡间学校教书。学校没有食堂，客籍老师就我一人。为解决老师吃饭问题，学校采用的是"代饭制"，就是到学生家轮流吃饭，吃百家饭。早年家贫，村民们会把珍藏的干肉留着给老师吃。"自行束脩以上，吾未尝无诲焉。"这让我心生感动，我自然无怨无悔。《论语》有言，虽为自愿，只是你孔子一定要收了人家的十条肉吗？试想，如若没有l条肉，或者家长是不情愿呢，是不是你不教他了呢？我稍加妄想，以小人之心度君子之腹，若非孔子是个大美食家，他有私心，喜脯，他是为干肉所惑呀。

现在我们说的脯多指胸脯的肉，比如粤菜的干煎鸡脯就很有名。人们腌制干肉、腊肉也多喜欢以胸脯的肋条肉为最佳。

脯，"肉食者谋之"，作为美食平民的果脯也一样叫得响。我国用蜂蜜腌制水果早在春秋时就有文字记载。果脯是新鲜水果经过去皮、取核、糖水煮制、烘干和整理包装等主要工序制成的食品。果脯种类繁多，苹果脯、杏脯、梨脯、桃脯多的是，老北京的"北京果脯"就很有名，据说，其独特的制作技艺正在申报北京市非物质文化遗产。如此说来，脯，这一荤一素的"两块肉"，都一样讨喜。

馇

　　"你王叔死了。"

　　"就是小时候你给他送过饭的王叔呀。"

　　这是昨天我妈接到老家她侄儿的电话知道的消息。我妈常打电话给她的侄儿。一丁点儿的故乡信息，我妈都会在我面前嘀咕。

　　王叔是牛倌。我们家下放那些年，他给队里放牛、喂牛、耕田。我那会儿小，农事知道得不多，只记得王叔每年都给我们家耕田。耕田时都是我给王叔送饭，这事我妈好些年都有提及。浓郁的乡愁里，难以忘怀的还有一份童年的味道，故乡的味道。

　　虽说那会儿是大集体，但是家家也都有自留地的。我父亲没种过田，我妈是裁缝，我尚小，这二亩自留地的耕种成了难事。王叔是个热心人，看出了我们家的难处，就主动帮着我们家做农活。平日里，他在田里帮着锄草什么的也多是做过就走了，家里人也多不知晓，看到地里的草被锄了才知道王叔来过。我们家人自然心存感激。王叔帮我们家耕田的时候，我妈是无论如何要让他在我们家吃饭的。"在我们家吃饭"也就是送饭到田头吃，因为自留地离家有一里多路的，再说了，耕田是在早晚，不是开饭时间，这顿饭是单独做的。早上的饭，叫"早茶"；晚上的饭，叫"晚茶"。鸡叫两遍之后，东方刚有鱼肚白，王叔就起来耕田了。早茶的时候很早，多是黎明时分。相比早茶，晚茶的时间要宽松得多，多在"下傍晚"的时候，比晚饭时间要早些。在家里，给王叔送晚茶的事几乎是由我承包了的。

地什么时候耕是王叔说了算，耕过之后种点什么王叔得跟我父亲跟我妈商量。与其说是我妈有了耕地的准信儿，不如说是有了她做晚茶的准确时间。

早年家贫，没有什么大鱼大肉，妈妈却能把这顿晚茶做得有滋有味。

我妈做的晚茶多是红米茶。

米是小米。小米先放在油锅里炒，加少许盐，待米出现红褐色斑点的时候，便可以放水了。其时，我便在锅旁，水在热锅里迅疾腾起的烟气几乎一下子把我淹没了。我张大嘴巴，贪吸热气中散发出来的米香，让味蕾在烟气里冲浪。米饭收汤之后，锅底下得用软草小火蒸煮。每隔一两分钟，我妈都会往锅底里丢把软草。我妈会去闻锅盖里冒出的热气，她还会贴着锅台去听。她能依据热气的大小判断火候的大小，判断米饭是不是有香味和糊味。热气渐小，她能听到米在锅里"炸锅巴"的声音。她不仅能煮出一锅香喷喷的米饭，还能炕出一锅油光泛亮的锅巴。我妈煮红米茶有足够的耐心，为这顿晚茶，锅上锅下，她差不多要忙活半个时辰。

出锅的红米茶晶莹透亮，米质松软绵长，美味可口。在盛饭的当儿，她会放一把切碎的蒜末。红米茶有淡淡的蒜香，也青艳好看。我就一直在锅台旁边，哪里只是想着为王叔送饭，我是意在那锅黄亮亮的锅巴。我妈在盛饭的时候，已铲一块放在锅台上了。妈妈一边找来一条三角巾把一大碗红米茶放在三角巾系起的兜里让我提着，一边吩咐我"快去快回"。乡间田野，晚霞染天，仿佛整个黄昏都弥散着红米茶的香味。

"七月流火，九月授衣……馌彼南亩。"我读到《诗经》里的句子"馌彼南亩"让我眼睛一亮。"馌"，《说文解字》里说是"野之馈"，就是送饭到田里给耕者吃。"馌"，在乡村滋味里，我找到的不仅是童年的记忆，也有对劳动者的尊重。

豆

汉江都易王刘非墓地里出土了好些文物。刘非也算是家乡"父母官"，好些市民都去参观，在他的陪葬品中，去想象当年的帝王生活。我对边角上不起眼的一只酒杯感兴趣，解说员说它叫"豆"。

小口，细颈，圆肚，高脚，果然像"豆"字。豆在古代是盛食物的器皿，是个"碗"，有点像现在放大了的高脚杯子。有人对这只碗里的"口"感兴趣了。"豆"字上面的"一"是象形，估计是盖子，下面的"口"是指事，估计是肉之类的食品。"豆，古食肉器也。"《说文》说它里面盛的是肉。"若所市于人者，将以实笾豆，奉祭祀，供宾客乎？"明人刘基在《卖柑者言》里也说它是肉。作为盛放的祭品，说"碗"里是肉也无不妥。不过，我宁愿相信这里面只是食物。"一箪食，一豆羹，得之则生，弗得则死。"《孟子》说的"碗"里装的就是"羹"。

有一天，我在一个论坛上发现一个叫"弹剑当歌"的网友向许慎挑战。他认为"豆"不应该是盛食物的高脚器皿，而是表示器皿中的食物，直言："许慎说的也不一定对。"

虽说所争主体不同，一个说是器皿，一个说是食物，对字所描述的内容都差不多。总之，这不是一只空碗，里面是要有肉有菜有美食的。

其实，材质不同，豆的叫法也有异。这一点，《尔雅》里说得明白，"木豆谓之豆，竹豆谓之笾，瓦豆谓之登"。刘基说的"笾豆"就是竹做的。年近，每年春节的时候父亲都会想着写春联。春联不只贴在门上，他写的"独体联"也贴在锅灶上、坛子上，甚至猪圈上。装粮食的土瓮上他一定会想着贴上"五谷丰登"的字样。古人装粮食的"豆"是用瓦做的，并非用土。

豆也用于喝酒。现在人也"大筷吃菜，大碗喝酒"。《水浒传》"三碗不过冈"，武松喝酒用的也是碗。

上次我到河南旅游，在河南博物院的橱窗里看到了无脚无颈的"豆"。圆形，大腹，两耳，长鼻，类似一个大坛子。解说员说它叫"罍"，是酒具。这倒让我想起家乡人喝酒的事来。

我们家乡人喝酒生性豪爽，高兴处会整碗喝掉。用壶，戏称"壶搞"，意即"胡搞"，就是整壶干掉。"感情深，一口闷"，非一般关系者是不会"胡搞"的。这是"一口闷"的"段子版"。"一口闷"还有个"方言版"叫"炸雷子"。莫不是"雷""罍"谐音？

现在的豆是一种植物。其义与古之"豆"的意思沾不上边了。不过，无论是粮食中的黄豆、绿豆，还是蔬菜中的豇豆、毛豆，今义也好，古义也好，豆在"豆"中。现在说的豆是不错的食材，都与美食脱不了干系。

韭

吃早韭，不松口。别说话，不张嘴，细啖轻品，满口香。

"三月韭芽芽，羡煞佛爷爷"，又有民谚为证。这么好吃，难怪叫沾不得荤的出家人也齿颊生津了呢。早韭晚菘，说的是吃韭要早，吃大白菜要晚。《南史》："文惠太子问颙：'菜食何味最胜？'颙曰：'春初早韭，秋末晚菘。'"颙是素食主义者，他如此推崇早韭，出家人却把韭当作荤菜，这么好的蔬菜不上口，可惜了。汪曾祺说写作行文亦当如"早韭晚菘"，想想也是。

雪化，阳光渐暖。茄苗才育，豆还没点呢，从菜畦里最先拱出地面的就是韭了。纤细柔弱，含露负霜，在最严肃的日子里蕴积向往，在最踏实的依托中寻找归宿，你得佩服韭的勇气。早韭并不全是绿，是一茎茎的红，有点血的颜色，是生命红。

有风，雨总是这么没缘由地下着。韭呢，依着风，依着雨，依着地，撒娇样的，站也站不稳，纷披而下；总有两茎立着，细细端详这个"韭"字你就知道了。《说文》说"韭"字象形，"在一之上。一，地也"。中国字就是这么有味道。

不只有风，不只有雨，在叶上沾着的，还有一串晶莹的露点点，难怪韭会撒娇，作醉态。

其实，"韭""久"谐音，《尔雅翼》说"一种久而生者，故谓之韭，韭者懒人菜"。在乡下没有人说"懒人菜"，说韭是"当家菜"。菜地总有一墒韭。去年我家房屋拆迁，新建的房子在一块坡地上，屋后有一片空地。妈妈见了，无比欢喜，她买来韭菜籽，种了一墒韭。庄户人知道，有了韭，日子便踏实了许多。

韭"春食则香"，知百草的李时珍当然晓得。扬州八怪们还会在早韭上市时相邀开 Party。他们一边吟诗，一边饮酒，一边食早韭，何等惬意。郑板桥说"春韭满园随时剪"，韭已"满园"了还不剪呀。妈妈是等不及了。韭长三叶，不出五叶，妈妈便去割"头刀韭"了。"头刀韭"便是早韭。

坐门前，妈妈掐去韭叶上的黄尖死叶。她如此小心，我猜是不愿多掐一丝粘在韭叶上的绿茎。燕在低飞，竹篱上的霉干菜散发出淡淡的香气，开犁了，一年中柔美的时光仿佛都罩在妈妈纤巧的指间了。

早韭包饺子当然好。费时费事的，春已至，忙着呢，没那闲工夫。村民们只是将早韭炒着吃，放些千张也行，放些鸡蛋也行，放些肉丝一块炒更好。更多的时候只是单炒韭菜。只是这一盘早韭，一家人围着。记得父亲从不动一筷韭，他只是端盘子向碗里泡点韭菜汁。起先我也相信"韭汁味好"。后来知，是父亲舍不得吃。饥春荒年，村民们也会调侃：咱吃了一千〇九道菜。其实人人都知道，他家中午只是一道菜：韭菜炒千张。要是家里的人口多，单炒早韭也变得奢侈了，他们只是用韭菜烧汤。韭也真给面子，只是一小把，一锅汤便墨绿得很，且清香无比。

"夜雨剪春韭"，春了，能把菜蔬吃出诗意的，怕只有早韭了。

姜

姜是美女，真的很漂亮。宋代诗人刘子翚《咏姜诗》云："新芽肌理细，映日莹如空。恰似匀妆指，柔尖带浅红。"美吧？苏东坡也说"后春莼茁滑如酥，先社姜芽肥胜肉"。比肉美？我猜宋还留有唐的审美遗韵，以肥为美，单是"滑如酥"还不就让你有了些许的联想。秀色可餐，苏东坡讲得倒是实在，姜，毕竟讨的是口腹之福。

选块向阳的坡地，挖窖。窖如井状。井有水，窖不同，它是万万容不得水的。窖在高地。在我的记忆中，窖里一般会藏有两样东西，一是山芋，一是姜。饥岁荒年，山芋是村民的主食之一；姜呢，哪能当饭吃，调味品而已。江山美人，有时你很难说清孰轻孰重，就像姜有如此礼遇是很难让人理解的。滋味生活寄托着人们多么美好的期盼，束之高阁，我愿意费时费力养着，怎么了？姜之于生活，不也类爱情之于婚姻。待字闺中，经不得风霜，姜娇气。

天暖，渐热，姜也不是随便就打发下地的。种姜的地年前就深挖冻着，负霜，含露，经风，历雨，土细熟，乖得很。然后踩实，做成埝状，埝间挖沟。每年春上，父亲做姜沟时我便跟着踩埝，细细密密的，一寸寸挪步，如此反复，要四五个来回才能将一墒埝的土踩实。姜沟与埝等距，也如按下的琴键。

其实，在父亲做姜沟的当儿，熏房里早就忙活开了。熏房是一间密不透风的小房子。种姜人把姜装在纸箱里在熏房码好，用毛笔在纸箱上写上各家人的名字。文火，熏烤，烟雾缭绕。刚出窖的姜似醒非醒，不多日，满腹的心思吐露，是芽，瓷白，嫩红，玉指有甲。"四月取母姜种之。"出过芽之后的姜李时珍称它"母姜"。其实这当儿，姜依旧挺美。色汁圆润，纤指如玉，十足的美少妇。

窖藏，熏芽，这等烦琐的农事看不出村民们有半句的怨言，种姜能看出村民们的精致和细腻。其实，姜招人烦的事多着呢。单是浇水就让你天天牵挂。沟里的土不能裂一条缝儿，小嘴唇天天湿，滋润，好看。种姜用有机肥才好，村民们便把黄豆煮了，做肥，豁出去了。姜叶如竹，"林峦当户苎萝暗，桑柘绕村姜芋肥"，田园美，姜芋熟，盼丰年。春种，夏实，秋收，冬藏，姜历四季。能让村民们如此心仪的，怕只有姜这情种了。

姜辛温，民间称"姜佐百味"。王安石说"姜能疆御百邪，故谓之姜"，我猜他有点武断。姜还壮阳，中医素有"男子不可百日无姜"之说。苏轼在《东坡杂记》中记述杭州钱塘净慈寺八十多岁老和尚，面色童相，"自言服生姜四十年，故不老云"。姜为男人生，姜是美女，本来就是嘛。

粉

"山中只见藤缠树,世上哪见树缠藤。青藤若是不缠树,枉过一春又一春。"《刘三姐》的歌里"青藤"有股情色的味道。我猜"青藤"便是葛藤,有传说为证。东晋道学家、医学家、养生学家葛洪带弟子云游炼丹。哪知弟子修行不深,毒火攻心。有人为葛洪指点迷津:山上有青藤可医。一试果然。自此,青藤取了葛姓,叫葛藤。

葛藤疯得很。20 世纪 70 年代,葛藤曾占领了美国佐治亚、密西西比、亚拉巴马等州的万顷土地。肆意妄为,不具节制,狂野不羁,哪知它会如此淫荡。

葛粉取之葛藤的根块,岂不是"一路货色"?

紫花含羞,绿叶青艳。葛根发达,去泥削皮,柔滑细腻,玉脂纤嫩,泡在水里,十足的睡美人。将葛根磨碎,滤去茎渣,白色的葛浆在水里沉淀下来的部分便是葛粉了。

每年秋后，村民们便会上山采葛挖根做葛粉。村民们称葛粉为"粉"。匾里晒的是粉，竹笆上晾着的是粉。有的村民将粉从缸里盆里倒出，整个儿将粉坨风干撂在家里。粉坨有十多斤甚或几十斤重。有大粉坨撂着，日子也仿佛殷实了许多。

葛粉圆子是徽州一带叫得响的名点。将猪肥膘、白糖等做成圆球状馅儿心，反复滚上葛粉，然后上笼蒸。蒸至外皮呈黑色发亮并有小泡即成。葛粉圆子质地柔韧有劲，味香甜，只是吃多了会腻。

"十碗大菜九碗粉，撩块肥肉捞捞本。"葛粉是席间的主角，村民家的红白喜事都靠它了。葛粉是"大众情人"，跟哪道菜都合得上。葛粉在锅里熬过，切成细碎的块。说是"大菜"，其实村民们知道，这碗底垫的都是葛粉细块。鸡，只是在高汤烩过的粉块上撒点鸡丝。烧三鲜，只是在粉块上撒上金针菜、蘑菇、山药罢了。头道"大菜"当然是肉。肉只是薄薄的几片覆在粉上。厨师好像算好了的，一人一块，可又往往不够数。常是人多肉少。村民顾不得吃相，还不待端菜的将碗在桌上放稳，有人已伸过筷子来撩肉了。虽说端菜的大声吆喝"油——着——嘞——"，但没人买账。那年听父亲说他去邻庄喝喜酒，肉刚端上桌，灯叫风吹灭。主家急找蜡烛点上。一分钟的工夫，再一看那碗上的肉，一片也没有了，只剩下细碎的粉块。好些人懊悔自己没有"先下手"。饥岁荒年，毕竟是出了礼舍了份子的，"捞捞本"也没错。

野葛藤渐少，葛粉现在没人舍得这等海吃了。烧菜作勾芡，平日多作饮品。杯盏冲饮佐以白糖、蜂蜜或酸奶什么的。盏中把玩，怜惜有加，啜饮在口，回味不尽，却也增添了不少情趣，不改情色本质。

据说泰国有"红葛根"和"白葛根"。"红葛根"用于女性丰胸，"白葛根"用于男性壮阳。这等"色"全"色"美，是因为葛根里含有异黄酮诱导素成分，有人称它为植物性激素。葛粉解酒那是真的，《医林纂要》说它"除烦、解热、醒酒"，有人称喝葛粉汤"千杯不醉"。

酒后归来，递过一杯冲好的葛粉，色汁清纯，绵糯可口，知寒知暖，红袖添香，举案齐眉，酒醉人酣，这等情境让葛粉调剂得恰到好处。食色性也，本来就是。

酱

发酵酿制的东西味浓，酒是，醋是，老酱也是。

家乡人将做酱叫"下酱"。下酱的主要原料是豆，黄豆居多，也有用豌豆的。将豆煮烂摊放在匾里发酵，焐。匾入厢房，关好窗，放下门帘，妈妈小心看守，防猫，也不许我们走近，近乎神秘。后来我明白了，豆发酵怕脏。不多日，匾出，一层霉衣，豆也成黄褐色饼状。"铜绿"厚是好色相，妈妈喜，这豆饼下到缸腿的盐水里定能成好酱。

缸是重要的家什。"缸腿"是小缸。缸盛水的多，小缸见大缸，差不多在水缸的腿部，村上人便叫小缸"缸腿"。缸腿下酱的多，有人也将缸腿叫酱缸。

晒酱是要些时日的。夏天日头好，晒一天，原本有水汽涸润的酱面，便起了层红褐色的硬壳。妈妈早起，用搁在缸里的筷子将壳搅了，酱香已出。要是将这一缸乳黄色的酱都晒成红褐色，差不多要一个夏天。这时，这缸酱也便能称之为"老酱"了。

酱香难敌，瓜妞好时，我会偷摘几条塞酱缸里。隔数日，瓜妞色黄，软，捞出埋在碗里便能吃了。瓜妞是嫩黄瓜，或是嫩菜瓜。端碗离桌，鬼鬼祟祟，逃不过妈妈的眼，她举筷便打。妈妈是怕有不洁的东西坏了酱。她哪里打得着。事已败露，索性将碗里的酱瓜用筷撅起，有时故意将酱瓜在家人面前有个亮相，送入口中，将酱瓜夸张地吃出声响来。酱瓜脆，满口香。

我还在酱缸里酱过豆角、茄子、辣椒。

酱生吃的不多。妈妈会把新摘的豆角、茄子等切碎放碗里，再放上葱、椒、姜等作料，放一两勺酱，煮饭时把碗放锅里蒸。饭菜一锅出，不费事。出锅时要是在酱上撒层蒜花，或是芫荽，浇上麻油，一搅更香。酱单蒸的也有，放上作料，放虾米那则更好。

家家门前一缸酱，大户人家一年要下两缸或是三缸酱的。夜露，或是雨日，只消将缸旁的荷叶盖在酱缸上，将叶周边用细麻绳扎好便行。为防冻裂，这酱缸到了冬天上冻的时候才收回。把吃了一夏一秋的酱舀出，包在荷叶里，这老酱要吃一个冬天。这之后用不了多少时日，翻过年，春种不久，妈妈便又会下新酱了。

"老酱还有吗？"妈妈常打电话要我回家拿酱。妈妈每年还想着下一缸酱的。

饭局多了，却是酱香难忘。周日的时候，我常会想着熬老酱。熬老酱的配料要多，毛豆米、豆腐干、小米虾，豆角也行，茄丝也行，老酱兼容性极好，好像没有不能容纳的菜蔬。葱、椒、姜要猛放。所有的菜蔬炒过之后加水加酱，文火，熬。一边不停地用锅铲搅动，一边闻着那缕缕的酱香，你便会觉得，这滋味生活，哪里离得开老酱。

蒜

佛言，人有三生。蒜也是。

想想蒜叶、蒜茎是蒜的今生才是。着如许清水，放碟里或是碗里，有芽无根，有根无土，天渐冷，水蒜已出落得亭亭玉立。灶台边，也有放阳台上的，洁白的触须水中如玉。水蒜你是不指望它会长出苔来，长出瓣来。你在意的是叶，以叶当花，是蒜花。各式菜肴出锅，切好细碎的叶撒在上面，青艳好看，扑鼻香。蒜花是点睛之笔，一如画师、书家最后的那枚红印。蒜在地里的多，虽说离灶远点，但无论是做菜还是炒饭，人们是不会忘了掐几根蒜叶做蒜花的。从中秋始，蒜要待在地里至端午前。

如果说叶只能当作料切蒜花那你便小看它了。叶炒千张一清二白的，素净，好看，炒肉丝、炒青椒当然更好。叶稍老时烧豆腐、烧肉也讨食客们的青睐。蒜如韭，割了的茎用不了多少日子便又会长出来的。因蒜叶青，香味美，好些人专打叶的主意，不分季节，在大棚里培育蒜叶，做起了蒜黄的营生。

叶似乎揣摩透了食客喜好的心理，赖在地上似乎是让人们尽情享用似的。这一待，就是二百多天。想想，还没有一样菜蔬有如此衷情的呢？天渐热，小南风一吹，不多天的工夫，蒜便脱胎换骨似的变了样儿了。用不了几天，蒜薹便抽出来了。蒜薹才不会那么低调，一副趾高气扬的样子。这时候，无论如何你得高看它一眼了。

蒜薹是蒜的来生吗？

白嫩，浅绿，墨绿，干净，高雅，质感丰富，蒜薹不矫情又很有征服感。端午前后，餐桌上是要有蒜薹的了。蒜薹炒菜、烧菜都好。只是"来生"无常，能享用蒜薹的时日太短。小城人聪明，家家腌蒜薹。腌过的蒜薹鲜嫩微黄，清脆可口，滴上麻油，是佐餐极好的小菜。那天我去一文友家串门，看见他家柜子上的饰物很另类，是一排大大小小的玻璃瓶。文友看我疑惑，笑："哪里，这些瓶是留着日后腌蒜薹的。我们家好这口。"

嘿嘿，都好，都好！

蒜花如花，那果呢？蒜头如果算果，那得隆重推出才是。这是蒜的第三条命。

椒辣嘴，蒜辣心。生吃蒜瓣生猛且夸张了点，吃相不好，有胡吃海塞的感觉，更主要的是辣得你受不了。三瓣下肚，不吃出心绞痛才怪。要是做成蒜泥，再调些许味精、麻油，那味就文多了。不过，蒜瓣狡猾得很，它很难就范，对付它得有一套家什才是。自小我看父亲捣蒜用的是擀面杖。将剥去蒜皮的蒜瓣放碗里，左手覆上且拇指和食指处留出空隙放杖，右手持杖将蒜捣碎。妈妈喜欢在蒜泥里放上煮过捣碎的鸡蛋，蒜泥拌在手擀面上吃，那味，啧啧，啧啧！现在好了，木质的蒜臼好些超市里都有卖的，样式也好看，只是还有谁会自己持杖擀一桌手擀面呢？

来生有土，蒜恋土。也就两二个月的工夫，你无论如何是断不了它怀春的念想的。这当儿你再吃蒜，便没有了先前的水分，再一看，芽已渐次长了出来。沾土就出苗，放水里是水蒜，纵是无土，这芽，也是一定要发出来的。

蒜叶，蒜薹，苔尽有果，有瓣，一年之中，一生之中，蒜就没有闲的时候。蒜有三生，之于食客呢，沾着这美味，也算是三生有幸了。

葱

葱之于厨房，就像甘草之于中药，少不得。五代《清异录》说得明白，"葱，和美众味，若药剂必用甘草也"。

在中药中，甘草可减低或缓解其他药物的偏性、毒性，具有辅助、协调、矫味等作用。中医开药方，甘草必不可少。

葱也是呀。烩菜烧菜，用葱在锅里炸一下，香气扑鼻。下了班，饥肠辘辘，一闻到葱油香，口味大开，食欲顿生。炒菜时，先放点葱，一样令你齿颊生津。做汤，葱花在汤面上游走，青艳好看，煞是诱人。实在没时间了，随手剥几根大葱，露出硕壮的葱白，夹在饼里或是干脆生嚼，也一样佐餐。

常备一撮葱，爱人似乎知道这理。我每次出门买菜的时候，她都不忘吩咐：买把葱。积聚多了也没事，最多外面蔫了，你只消洒点水，它便又是精神抖擞的了。就是放在墙角十天半个月不理它，你剥去最外面的皮，葱又会缓过神来的。爱人想着把葱栽到破盆里，放在厨房外的阳台上，长得有模有样，一盆绿。

邻居老刘家门前有块匾大的地，栽的全是葱。有人走过，老刘憨憨地笑："拔几棵葱去。"别说，还真解了好些人的急。葱长"楼子"，叶尖开花了，老刘就想着把葱拔了。猛晒几日，重新"变"，就是重新栽。葱栽下，过几日，只是芯有绿意，蔫蔫状，有人提醒老刘，是不是新栽的葱要浇水。老刘答，葱不娇惯，全世界没有栽葱浇水的！牛吧！他就这么了解葱的脾性。老刘人缘极好。

前些日爱人出差，中午时分，几个文友突然造访，让我措手不及。天太热，七楼，街又那么远，几个文友执意不让我下楼买菜。他们知道我厨艺尚可，说下次再来领教，今儿你就下面条给我们吃得了。我到厨房一看，没别的蔬菜，只是一把葱。

我让几个文友落座，先侃着。我便打起了这把葱的主意。打开冰箱，拿出肉丁、肉丝，还有鸡蛋。我把葱切成丁状，炒鸡蛋。然后将葱白切成寸许长的丝儿，盖在炒好的肉丝上；我将余下的葱丁和切好的火腿肠丁一块儿炒，葱儿嫩，肠儿糯，肉丝香，实在说不上这道菜名。葱叶呢，也只有做汤了，打两个鸡蛋，汤上浇上蛋花，葱在蛋花间上上下上地浮着，一清二白。原本没有多少配料的汤，因着葱花油花的漂动，一下子生动了起来。特别是那个山东文友，见一碟美人玉指样的葱梗甜酱，高兴得哇哇直叫。连葱花炖蛋，四菜一汤，这把葱没让我在文友中失多少面子。

葱调味，也是菜肴。《名医别录》里将葱列为"中品"，称葱是"和事草"，也就是说葱与诸物合用皆宜。葱"中庸"得很，哪道菜都能与它"和谐共处"呢。跟我门旁老刘似的，打麻将的人都知道，它类牌中的"百搭"。

"葱秧青青葵甲绿"，这是少有的赞葱的诗句。葱不只在黄庭坚的笔下是绿的，葱是一年四季常青。这倒好，哪一天你都能买到鲜葱。人常说"前不栽松，后不栽葱"，只是在提醒这天天要用的葱，栽在屋后是不方便的。找点土，栽种在厨房阳台，岂不更好？

留把葱在厨房，踏实从容，也好把每个日子，过得有滋有味。

菜

　　青菜冠以"菜"名，好比猪肉称"肉"。青菜在蔬菜中的普遍性和名分犹如猪肉在荤菜中的名分一样，仿佛其他菜蔬们也都随了它的姓。其他的菜，还要加些"菠菜""芹菜""韭菜"的前缀才说明白。你一说菜粥、菜饭、菜泡饭，无须解释，人们都知道这里的"菜"便是青菜。

　　入夏，青菜尚小，其娇嫩翠绿的样子把它加入沸水中都觉得残酷，就是在热水里氽一下它也立即蔫了，仅存几茎纤丝。这会儿，没有人舍得把它加入沸油中做菜。想想它毕竟是一道好的食材，用它做汤最好。纵是如此，要等水沸时再放入青菜，不盖锅盖，青菜入水便可，否则时间稍一长，青菜颜色便发褐，汤汁也不青绿。这会儿的青菜我们叫它"小汤菜"。青菜碧绿青艳的样子有生机，大厨在烩鸡肉或烩牛肉的时候，往往也会抓一把小汤菜放在里面，随即起锅。新鲜的色汁里，光亮一照，青菜通体透亮，让人平添了一份食欲。

青菜作为一种食材其用处之多不用多说，我若一一道来，怕是菜鸟一只，无论对于写作或者饮食都是一件挺"菜"的事。倒是一些不上谱的乡间野食让我忘它不能。比如"菜挫子"。

稍长，梗壮，青菜大了，家家户户便想着做菜挫子了。菜挫子用菜梗，少用叶。其做法简单得很，将梗切碎，用盐稍加揉搓在盆里码实便成。也有喜欢在菜挫子里放些姜末或蒜泥的。不出三五天，腌渍过的菜挫子便能吃了。吃时，要是在菜挫子上面浇些麻油，或者拌些芫荽，味道会更香。虽是腌菜，菜挫子不失青菜原汁原味的甜淡，也有着多汁清香的滑润。农活紧，人们没有更多的时间做菜，菜挫子救了急。一盆菜挫子，能吃上三五天的。吃完再腌便是。有客人来了，将菜挫子放些辣椒清炒，也算一道熟菜，要是用黄豆去换半斤豆腐和菜挫子一块儿红烧，那算一道大菜了。客人喜，主人也有面子。

粥

粥味美，柔腻，入冬之后，粥又近乎成了时令补品。喝粥者多了，腊八粥又哪里只是腊八才吃呢？

家贫多食粥。曹雪芹晚年常叹"举家食粥酒常赊"，宋代词人秦观也有"日典春衣非为酒，家贫食粥已多时"的窘境。为何家贫食粥，清人赵翼《粥诗》说得明白："一升可作二升用，两日堪为六日粮。有客用须添水火，无钱不必问美汤。"这也应了家乡那句俗语："来人添瓢水。"

小时家贫，粥是主食。母亲每日便早早地起来煮粥了。父亲耕地起得早，母亲便把粥锅里煮的半碗米捞出来，炒饭给父亲。父亲的情况不必言说，他要做一天的体力活呢，其实这也是无奈的事。锅里只是有限的几粒米在漂，母亲便在锅里撒些玉米面或是放些山芋，粥稠了许多，也让母亲有了些许心安。

其实，家人也多知道母亲为父亲炒了饭吃了——油烟、蒜香不瞒人。

母亲也会在粥锅里做几块水饼。水饼多是玉米面做的，也有小麦面做的，饼状，巴掌大小。母亲将水饼盛给下地干活的人，也盛给上学的孩子。水饼在谁碗里，妈妈知道，吃的人也知道。

有一天，我正埋头喝粥，近乎尖叫起来。谁知母亲一边大声呵斥，一边急忙用筷子敲我的头："快吃，粥堵不上你的嘴！"我一抬头，母亲眼睛一直紧紧地盯着我。

母亲不让我说话。母亲看着其他的几个孩子。听到母亲的呵斥声，其他兄妹也就没有敢吱声的了，一个个埋着头，捧着碗把粥喝出响声来，有点郑板桥"喝糊涂粥，双手捧碗，缩颈而啜之"的情状。

原来，那天是我的生日，母亲把一个煮好的鸡蛋剥了壳放在了我的粥碗里。

好长一段日子，我总觉得那天兄妹们期盼的眼神中，玄机已泄。那只鸡蛋，好像一直在给我添堵。

稍长，渐悟，喝粥有三种功用：家贫食粥、荒年赈饥、养生。如今，家贫食粥也不多，荒年赈饥也只有在电视古装戏中才能看到，现在食粥多是为了养生，怕是也不再藏有什么玄机了。

天渐冷，食粥者众，且都让城里人抢了风头。据说上海的"粥天粥地"、成都的"宏记粥底火锅"、北京的"宏状元粥店"等店铺，生意都还挺火。

"我得宛丘平易法，只将食粥致神仙"，陆游似乎是错把"粥话"当酒话；苏东坡食粥后也放言"身心颠倒不自知，更知人间有真味"。"莫言淡薄少滋味，淡薄之中滋味长"，在阅遍珍馐美味之后渴求一碗平常不过的粥，也是人们从绚烂生活回归淡泊的人生感悟吧。谁又能怀疑，这也恰恰是粥里藏着的最大玄机呢？

第二辑：水之鲜

河 小

三月三，河小鲜。

说出这样"没出息"的话是承担了"声誉风险"的。河小算不上河鲜，不上台盘。食河小伤面子，有露穷之嫌。这样，买河小往往还私密得很。

河小是小鱼、小虾的统称，也有人称它"猫鱼"的。这一称呼倒让人找到了借口，他们理直气壮了许多，买过河小还丢下句话来："买二三斤'猫鱼'——我家那猫馋死了。"

没有人跟他较真，猫能吃二三斤"猫鱼"？其实，人人都明白，是他自己想吃，不好意思说。放屁拉椅子——假扯。"栽赃"罢了。

小城老船塘过去是淮河边上的一个码头。每天傍晚时分，船回，渔民捕回的大点的鱼多叫摊贩买走了，剩下的"猫鱼"渔民自己卖，三文不值二文的。每天在码头边总有几个"馋猫"转悠，他们图河小便宜、新鲜，遇着渔民那天收获多或者心情好，一二斤重的河小根本就不收钱，还能让"馋猫"捡个漏。

餐条算是河小中的"大哥大"了。餐条是野生鱼，长不大，在水表层，"浪里白条"说的就是它，活跃得很，其形细而长。只是餐条刺多，我们小孩子根本就不敢吃。大人不怕，他们连刺吃，反复地嚼，最后是统统咽下，仿佛那细小的刺也能嚼出香味。要是阳光好，买回的河小里餐条也多，人们便把破肚收拾好的餐条用盐腌上，然后放竹笆上晒。不出四个晴天，餐条便晾干了。晒干的餐条放油锅里炸，香脆可口，是下酒或者喝粥时极好的佐餐小菜。

河小里的米虾也讨喜。米虾晶莹透亮，一袋的河小，它最欢，要是摊放在桌上，它们会从一堆的河小里跳出来；米虾死了发白，也有羊脂玉般的温润。米虾炒韭菜最好，菜嫩，虾鲜，红润翠绿，也好看。要是有很多的米虾，人们会把它挑出来，用开水汆一下，晒干，留着日后熬酱，它是上品。夏天冬瓜烧汤的时候放几粒，也算沾了些鲜气，俨然寡盐少油的餐桌上，有了道荤菜一样。

更多的时候，河小只是一堆小杂鱼，混有没娘鱼、罗憨、泥鳅、小螃蟹、草虾、小龙虾、麻鲫之类。蘸上面粉，放油炸，佐以芫荽、葱、姜，一锅煮。只是汤要多，主食米饭最好，不吃鱼，泡汤就好。要是鱼锅四周再贴上干面锅围饼，那是绝配，喷喷，又脆又软的锅围饼蘸鱼汤，没准连舌头都能吃了。

饥岁荒年，肆虐的味蕾，像是《皇帝的新装》里那个多嘴快舌的孩子，食客们竭力地呵护着自己的尊严，倒让河小们小心了许多。

当下，食客们"食野""食小"成风，河小做出的"小杂鱼"早已成了淮河岸边餐馆里的一道佳肴。那天到老船塘转悠，见一渔民，问及河小，价钱并不便宜，且没有一只米虾。鱼民告诉我，米虾是挑出来单卖的，价格早已翻倍，二十多块钱一斤呢。如今，买河小不用这么偷偷摸摸的了，估计也不会再有人到这里捡漏来了。

歪 歪

桃花打朵日，正是食蚌时。柳叶尖，河蚌鲜。这两句说的都是一个意思，春天是吃河蚌的好时机。

河蚌俗称河歪，我们都叫它"歪歪"，亲切又有爱意。这样的表述方式好比现在的大人或是长辈叫孩子的名字，省略前面的字，把后面的字叠起来一样。河蚌惹人爱，因为它是一道美食。春日，它有"淮河第一鲜"之称。

"大大城门两面排，中间现出美人来。城门两扇齐关上，越是有人城不开。"这倒让人想起了"鹬蚌相争"那则古老的故事来。捕上来的河蚌双唇紧闭。持刀，将河蚌在地上立起，切去一头粘有裙边的壳，蚌露出一条极细小的缝隙。刀向缝隙里一插，顺势一转，河蚌便一分为二了。这时，再割断与壳相连的柱状肌，一坨鲜活的蚌体便从壳内滑了出来。

　　卖蚌人用双手将浸满汁水的蚌肉捧到一只系着铝制盆的秤盘里。过秤之后，报出斤两，随即将肉倒在地上，拿过一边的木棒，一一地拍打河蚌的斧足。斧足呈斧状，肌厚而硬，它是河蚌的"脚"。斧足入锅不易烂，拍打是把斧足肌肉组织破坏了。拍木不可太重，拍得过烂没嚼劲。其实，这力道的轻与重，也不要你操心，淮河边上的卖蚌人，个个都能拿捏得好。

　　卖蚌人将拍过的河蚌肉用莆草穿起，拎了就走。只是一路滴水，到家了几乎要"损失"近半。我猜，卖蚌人如此动作麻利，除了要不误河蚌的鲜美时辰，可能也藏着他们的精明。在菜市场，唯独没有人买过河蚌之后再去称量的。

　　想起小时候在河里踩河蚌。河蚌外壳楞角朝上，尖。一个猛子入水，便将河蚌从泥中掏了出来。大河蚌我们只是在小伙伴面前亮个相，捕到了，逞一下自己的能耐，又放它入水；要是河蚌大不过掌，又轻，我们会踩着水，仰头，用河蚌在水上打水漂。如果力气够大，角度又好，河蚌能在水上踩出十多个点来，这时，兴奋的不仅是我们，仿佛还有这水上的河蚌，还有这一河的水。

　　河蚌炒吃的不多，煲汤的多。河蚌汤色乳白，略带暗绿和赭黄，汤汁浓。"春天喝碗河蚌汤，不生痱子不长疮。"汤里放上白豆腐，揭开锅，瞧着豆腐炖出的气泡，香气四溢，这时，齿颊生津，你是无论如何都把持不住的了。腊肉烧河蚌最好。葱、姜要猛放，腊肉入锅，香味出，切好的河蚌跟着一块炒。腊肉红，河蚌白，姜丝黄，煞是好看。河蚌浸出的水多，炖时水无须多放。汤开，再用文火炖半小时，香喷喷的河蚌烧腊肉便好了。更多的时候，人们会在锅里放上一种叫菊花芯的当地过寒青菜。青菜碧绿，不只让人觉得菜肴的鲜美，也仿佛让你嗅到了春天的气息。

前些日，女儿从厦门坐飞机回来过年，说想家了。想着女儿有两年没有回来了，我和爱人忙着张罗想做些好吃的给女儿吃。问及她想吃什么。"河蚌炖腊肉。"她脱口而出，仿佛这道菜就一直让她惦记着似的。厦门是海滨城市，海鲜多得很，她却不忘家乡的这道土菜。莫非这道接地气、接河气的菜里，也凝结着一股浓浓的乡情和亲情。

螺　蛳

螺蛳本就是方形环棱螺的俗称。我们更俗一步，称螺蛳"螺螺"。这样顺口自然，仿佛家乡的孩子，叫惯了乳名，纵使孩子已长大成人，依然这么称呼，一时改不了口。

"螺蛳壳里做道场"，指在狭窄简陋处做成复杂的场面和事情。"螺蛳壳"意在说小。其实，一般意义上说的螺蛳指的是田螺，够大的了。我们说的螺螺是如花生米大小的小螺蛳，比田螺小不下十倍。

"清明螺，抵只鹅"，这时候的螺蛳最肥美，营养高，口感好。

卖螺蛳摊前放有两种，一种是生的活螺蛳，一种是去了壳的如绿豆粒大小满盆的螺蛳肉。

螺蛳肉做汤自然好。汤内再放些笋、豆腐或者虾米，汤汁鲜美，其味也佳。炒菜最好的选择是螺蛳肉炒韭菜。早韭晚菘，其时食韭正当时。炒时佐以少许葱、姜、红辣椒，鲜中有辣，味更浓，下饭尤佳，一道菜能扛三碗米饭。这会儿但凡到饭店吃饭的食客，螺蛳炒韭一定是要点的，否则，之于美食，你一定很"菜"。

买活螺就麻烦多了。这活螺蛳买回家也不急着马上就能上锅，先用清水在盆里养着，三五天便可，一周最佳，长也不妨。螺蛳在盆里像是窃窃私语，水面泛一层小气泡。要想着换水，让螺蛳吐出体内的杂质。要是你性子有点发急，在水面滴少许食用油。油在水面隔绝空气，螺蛳呼吸急促，呼吸节奏加快，三两天也便能食用。

那天我去朋友韩哥家做客。韩哥是小城资深的食客，尤喜河鲜。一看他家院里摆有一排盆，里面竟然养的全是螺蛳。韩哥说，他每天喜欢到淮河岸边小码头转悠。傍晚时分渔船回来会带有新捕的河鲜，他们会就地在岸边卖掉。遇着光滑干净的上品螺蛳，韩哥实在不忍。买多了，就都搁家里用水养着，按购买时间排序，积聚了四盆。

食用前用老虎钳给螺蛳去尾。去尾麻烦，费力费时。左手捏住螺蛳头，用钳铰去尖状的螺蛳尾。去尾不只是烹饪时能入味，也为那一声带响的吸食打开了通道，为增添吃螺蛳的情趣做好了铺垫。

所有的准备都只是为了做那道爆炒螺蛳。猛火，重油，葱姜椒俱全，料酒，再加少许糖，姜黄、椒红、葱绿、螺蛳褐色，色香味占全。面对这样的爆炒螺蛳你是无论如何也迈不开步子的。

"来一盘螺蛳!"在小城,听到点菜服务员会去点人头,她知道这"一盘螺蛳"是一人一盘的。吃螺蛳,不仅在于嫩、韧、鲜的肉质,更在于举箸把盏间情味相投的意趣。三五好友,找一小饭馆,大排档最好。螺蛳在,啤酒在,边吃边啜。淑女有范儿,左手捏螺,右手拇指和食指捏根牙签,小指美美地翘起,挑出那粒螺螺肉,将螺靠向嘴边,一点唇,咂吧点滋味,眼微闭,与其说是充分享受这道美味,不如说是她在充分享受这份闲适,仪式感甚重。更多的时候,不用筷子,"双手撒把",手捏螺,入口,头微仰,吸出响,连同螺蛳肉和浸在肉里的汁一同吸食进去,整个口腔和食道都跟着兴奋不已。纵使你跶拉双拖鞋,用沾满汤汁的双手划拳把"哥俩好"叫得山响,这放浪形骸的恣意,会让人觉得,小小的螺蛳,已经把美食的境界提升到了极致。

河豚滋味

蒌蒿满地，芦芽已短，"正是河豚欲上时"。

河豚有毒素众人皆知。有不少地方是禁止吃河豚的，据说在日本吃河豚也有严格的法律约束。梅尧臣等也不主张为一口美食去拿生命冒险。范仲淹任饶州知州，邀梅游庐山，有一南方人席间夸河豚之美味。梅先生有感，写了一首《范饶州坐中客语食河豚鱼》的"谏食诗"，因此有了"梅河豚"之雅称。北宋的另一位诗人范成大也挺梅尧臣，"为口忘计身，饕死何足哭"，他也认为冒死吃河豚不值得。

我没吃过河豚，却一直心存体验一次吃河豚的冲动。"拼死吃河豚"给人的那种"风萧萧兮易水寒"之慨更让吃河豚有了挑战性。原因很简单，河豚美味难敌。如今，河豚作为一道美食能公开叫卖其烹煮时克毒之要早已被人所掌握。毕竟人命关天，没有人会去为一张嘴而丢了脑袋。

　　孙先生是我扬中的一位文友。他多次力邀我去扬中吃河豚，竭力夸说河豚的美味，说你这个写美食文章的吃货没吃过河豚不遗憾？他极像梅先生席间的那个"南方人"。扬中的河豚节已办了多届。他提及的河豚节期间去扬中住宾馆要提前一个星期预订的事，让我对人们吃河豚趋之若鹜有了更多的想象空间。

　　烟花三月，杨树飞絮，"正是河豚欲上时"。那天在扬州时突然想起扬中就在边上，随手拨通了孙先生的手机。孙先生异常客气，手机不放，像是紧紧地拉住我的手。他的热情我似乎并没有推托。到扬中不到一个小时的车程里，河豚在我的脑海里游来游去。

　　餐馆不大，在一个农家小院里。院子四周开满了油菜花，晚风轻拂，花香扑鼻，让我嗅到了一股浓郁的江南气息。透过干净的玻璃鱼缸，我看到了不少游动的"花"。河豚把口贴在玻璃上，优哉游哉的样子还算可爱。其实，河豚很丑，没有线条，不好看。你不能惹它，一惹它，便生气了，触之即嗔怒，瞬间体积膨胀，像个"气鼓娃娃"。有点像我们家乡淮河里的昂刺鱼，有人碰它时，便立即鼓起肚子，两边张开的刺像出鞘的剑，做出决斗的架势，同时，嘴里发出"咕、咕、咕"的响声。河豚是全身带"剑"，身上长满了肉刺。"其毒亦莫加"，这些刺是有毒的，吃时，要去皮。球形怒目的河豚，像一只彩色蘑菇。

　　"哇，鲜！"

　　我似乎还没把第一次吃河豚的勇气鼓足，孙先生已先动了筷子，站起，品尝说"鲜"了。我听随行的小刘说，孙先生特仗义。后来我知道了，河豚上桌时，先由服务员或是厨师品尝，品尝的人没倒下，其他人才敢吃的。

孙先生给我们每人发了一只鱼形的盘子。盘子不大，只能容得下一只河豚。我猜，这盘子一定是为河豚量身定做的。他为我们每人搛了一条河豚，还有几片竹笋，然后，又小心地一点点舀了河豚的汤。

在飘散出的浓郁河豚香味里，我根本想不到河豚会有毒。细腻的肉质，是我吃过的海鲜、河鲜中所没有的。一块胶质感丰富的皮上布满了砂粒，我嫌弃"砂粒"划嘴，便囫囵吞枣咽下。汤浓，乳白，胶质黏嘴，一如色彩鲜艳的油画，有大美之气，有浓艳之美。一番风卷残云，再去品尝放在鱼锅里的"搞头"竹笋，细细咀嚼，脆嫩的声响里，更增添了一种江南的味道。我没在意孙先生面前没放盘子。小刘又向我耳语，这么大的河豚，每条得这个数。小刘伸出的手指我没看清楚，他在说河豚的价格。后来我也知道了，当地人请客自己舍不得吃。他们只为我们客人每人点了河豚。

先吃，或者不吃，都让我很感动。扬中滋味里所包含的大味大美，怕是当年的"梅河豚"们品尝不出来的。

酸汤鱼圆

盱眙"一红一白"两道菜很出名。红的是小龙虾，白的就是酸汤鱼圆。酸汤鱼圆因其皮脆里嫩，味鲜滑爽，入口即化，成了淮扬菜里的经典名馔。

盱眙水多，背依洪泽湖，淮河穿境而过，丰富的水产资源为酸汤鱼圆的制作提供了大量的食材。

酸汤鱼圆手工制作，关键是做鱼茸。头下，尾上，下刀，把鱼肉沿龙骨拿下，小心地剔除胸刺，条状的鱼肉平放在砧板上，顺着鱼肉的纹理，用刀一层层地刮。当地人叫"刮鱼圆子"。刮时要眼盯鱼肉、细小的刺要　根根剔出。鱼背皮两侧有发红的肉要去掉。红肉特别腥，且做出来的鱼圆泛红不白。刮好的肉泥还要用刀细剁。有时怕伤鱼肉的肌理，剁鱼茸用的是刀背。剁时要放少许水和盐，也有在鱼茸里放姜米和葱的。放盐鱼圆筋道，水的多少决定鱼圆的鲜嫩程度，如何拿捏，靠的是经验。剁好的鱼泥放在盆里，按一个方向搅动，将鱼泥打成鱼茸。

"淮河白鱼湖里鲢"，是说做酸汤鱼圆淮河里的白鱼洪泽湖里的鲢鱼好。"鲢鱼"当地人叫"大头鲢子"。因其头大，好多地方的厨师会打"头"的主意，单做鱼头。用这种鱼做的"千岛湖鱼头"就很出名。做酸汤鱼圆最普遍用的是草鱼。草鱼当地人叫"混子"。其实，比白鱼和混子还要好的鱼是洪泽湖里的"黄剑"。黄剑体有黄色，像剑，故而得名。有人说黄剑以食小鱼为生，在水里力大无比，能撞死人的。没有人见过黄剑真的撞死过人。黄剑就是鳡鱼。不过，黄剑也不能大，一公斤左右最佳，鱼大了肉老。

一锅，一盆，锅在左，盆在右，做鱼圆有看点。水沸，左手抓鱼茸，右手一勺，鱼茸从半握住的空心拳里挤出，成球状，右手勺子顺势舀过放入水中。勺子成了模具，勺子底部的形状也决定了鱼圆的形状。稍顷，锅离火，把满锅的鱼圆放在冷的清水里。记住换水。清水降温，去血水，鱼圆会更白，好看。

浸在水里的鱼圆只是个半成品。做时放高汤、摊蛋皮、木耳、鸡丝一块儿烩。出锅时再撒葱花、蒜末，淋些麻油，重要的是放醋。一碗人见人爱的酸汤鱼圆就做好了。

前些日，一个南京文友专程来盱眙吃酸汤鱼圆。他好这口，他看饭店"小菜香"门面不大，厨师也很年轻，不觉起了疑心：小厨师能做好酸汤鱼圆？服务员"嗯"了一声，似乎没把食客的疑虑当回事，这更让我的这位文友心里起紧。酒过三巡，酸汤鱼圆上桌，我用餐桌转盘把放酸汤鱼圆的位置转到他的面前。

他起先似有谨慎，拿起汤勺，舀一个放在碗里，再用筷子先撅一块放嘴里品尝一下。吃出了味道，所有的表情跟着放松起来，放下筷子，用汤勺把余下的酸汤鱼圆囫囵扒进嘴里。显然，一小块一小块的吃法也不过瘾。有人在转餐桌的转盘。酸汤鱼圆从他面前离开，可他依然把勺子拿在手里，与其说盯着转动的转盘，不如说是在盯着那转过去的酸汤鱼圆何时再转回来。他近乎失态，我佯装没见，悄悄伸手又把转盘上的酸汤鱼圆转向他的位置。等听到汤勺在碗口发出响声的时候，我转脸向那位服务员吩咐："上一碗酸汤鱼圆。"

看我又点一份，文友这才从美味的侵扰中缓过神来，脸一下子涨红了许多。

盱眙是朱元璋的出生地。传说朱元璋早年家贫，爱吃却又很少吃到酸汤鱼圆。他当上皇帝后，便把酸汤鱼圆带进宫里。酸汤鱼圆成了御膳。如今，酸汤鱼圆也成为盱眙当地人的家常菜，盱眙还经常举办酸汤鱼圆制作比赛。盱眙大小饭店每个厨师甚至盱眙好些市民百姓都有"刮鱼圆子"的手艺。好生活，好味道，之于酸汤鱼圆而言，南京的文友们自然没有了疑心。

万人龙虾宴

　　一年一度的"盱眙龙虾节"又开始了。十四年了，小龙虾被越炒越红。龙虾节看点有二，一是文艺晚会，再就是万人广场龙虾宴。晚会好的位置票价高达两千元人民币，市民嫌贵，他们多选择在家看当地电视台直播。万人广场龙虾宴，他们倒是主角。

　　我的单位就在龙虾广场边上，广场原是采石后留下的塘口，有四个足球场那么大，据说是全国最大的山地广场。四周是山。山是一座开放性的公园。平日里山城的市民会到公园游玩、散步。广场也是村民跳广场舞的好地方。

　　上万人共进晚宴，同在广场吃小龙虾，有味而有趣。

　　或许，这又是一项新的吉尼斯世界纪录。

　　龙虾票不算贵，一百块钱一张。晚上五点刚过，我和单位的几个同事就过去了。路边有各色的小吃摊，同事小刘买了二斤卤猪头肉和两块大饼。我们知道，龙虾宴只供应龙虾和啤酒，没有主食。

广场四周摆放着全县各大饭店烧制好的龙虾。服务员着青花图案的统一服饰，仿佛为整个广场镶了道花边。她们笑容可掬，眼睛盯着走过的每一个食客，希望把龙虾票投给她，多做成一笔买卖。美目盼兮，这也成了龙虾广场上的另一道风景。

坐定，小刘他们很快就把小龙虾用票领了回来。一同领回来的，还有几瓶啤酒。啤酒由赞助商提供，免费。吃虾，喝啤酒，相搭相融。

"克!"

"克!"

"克"是方言，字典解释是"打"，在山城字义要丰富得多。"克牌""克酒""克饭"，甚至夫妻生活也能叫"克"，简单直率，也透着山里人的野气。

广场上"克"声一片。总有啤酒瓶因为没有站稳，在地上一路滚动，"叮叮当当"的响声成了龙虾宴广场上的"花絮"。

到处乱跑的还有孩子。孩子才没兴趣坐着不动去喝酒呢，他们也不在意那一小盆的小龙虾，他们常吃。他们只是这般没缘由地在各桌间奔跑、嬉闹。

"掀起你的红盖头，轻轻吻一口，抽去黑腰带，脱下红肚兜……"席间，总能听到这样的说词。只是你别想歪了，这是在教外地人如何吃小龙虾呢。这是当地人总结出来的吃小龙虾的口诀。"红盖头"就是虾脑部的壳。壳开，香味四溢，哪里把持得住，当然先吸一口汁，尝个味，免得口水外流。虾脊上黑色的肠子是要抽去的，最后是把虾身红色的壳剥了，完整的虾肉也便出来了。整个吃小龙虾的流程让当地人编成了一个"涉黄"的段子。段子当地人个个会讲。美食又有了美事的联想，吃龙虾变得更加有味。也是，食色性也。一样，都是平常事。

月在上，星在上，松风阵阵，淮河如练。站在山顶向下看，万人蚁动，灯点如珠，只有香味浓。"满街的龙虾香，顺着那淮河流。"一旁，舞台上节目在演，劲歌热舞。宴不散，歌不歇，舞不停。万人龙虾宴，成了山城的盛事。

留意第二天当地的报纸新闻，有记者会写下万人广场龙虾宴的场景。我感兴趣的是记者在写消费龙虾时所用的一个量词"吨"！

看到这个词，你便能掂出消费食材的分量有多重，想象食客的胃口有多大。盱眙龙虾广受食客的欢迎自然也就不难理解了。

蒜泥龙虾

有一段时间，吃小龙虾的负面新闻不断，说小龙虾不干净，生活在污水之中，其体内重金属超标。不干净的食物哪里只是小龙虾？当下，食客听觉似乎已产生抗体，不买账，照吃不误；又有新闻报，有人得"肌肉溶解症"，与小龙虾似有干系。"肌肉溶解"，挺吓人的。沉寂了一阵子，等缓过神来，人们把这惊悚的新闻又抛诸脑后。"虾迷"们卷土重来。据说北京东直门内饮食一条街"簋街"生意异常红火，其主打美食便是小龙虾。"合肥龙虾节""盱眙龙虾节"跟风造势，有虾歌、虾舞、虾服、虾雕、虾谣。只是吃法更加理性，烧制方法也越发多样，"十三香龙虾"不再是主角，麻辣口味也有变化。

蒜泥龙虾的出现，受到好些食客的青睐。

蒜泥龙虾，顾名思义，蒜泥是主要作料，姜、葱少许。不放紫蔻、丁香、大茴、肉蔻等调味的中药材，甚至不放花椒、辣椒。蒜捣成泥状，放油锅里炒出香味，连同洗净的虾大火猛炒，再放些糖、啤酒、味精，小火入味。一锅香喷喷的蒜泥龙虾便出锅了。

蒜泥龙虾主要的特色就是香。过油的蒜泥因着龙虾的浸入，更值得回味。其二是鲜。没有重口味作料的干扰，啤酒和糖的加入，又使得蒜泥龙虾的鲜味被释放了出来。其三是嫩。蒜泥龙虾汤少，肉质没有被汤汁浸入破坏，虾壳如笼，大火中飞快炒制又使得虾肉像是在笼里清蒸一样，虾肉在虾壳有限的空间里，最大限度地保持住了肉质的鲜嫩。

烧制蒜泥龙虾也有讲究。虾要清虾。清虾干净，品相好，壳薄，色淡，红里有细微的淡青，须短，腮上附着物少。清虾在湖里阔水、清水中长大。沟里或小水塘里的虾壳厚，虾色红而褐，烧制蒜泥龙虾，没有酱油等重色素的遮掩，这些虾是很容易被认出来的。清虾烧出的蒜泥龙虾红而不艳，透着火红豪爽的大气，也不失淡定内敛的矜持。

那天一文友造访。本地人知道，"到盱眙吃龙虾"是待客的定规。席上，龙虾刚端上桌，朋友便兴奋起来，接着，他张开嘴，手扇子样地在嘴边不停地扇风。"侬怕辣的啦！"好像还没吃，他已被辣得满口生火。朋友是上海人。我说你吃吃看，不辣。"咦，蛮好！蛮好！"朋友"蛮好"不停，一会儿，装龙虾的盆见底，我只好悄自吩咐服务员："再上一盆！"

我点的是蒜泥龙虾。

蒜泥龙虾口味清淡，最大限度地保持了虾本身的风味，不像十三香龙虾，靠重口味去刺激人的味蕾。据说，烧制十三香龙虾调料的中草药就达几十种之多，各家配方不一，都宣称是"秘制"而成。与其说人们是喜欢吃小龙虾，不如说是喜欢吃烧制龙虾的配料。秘制的配料不同，其口味当然不一样，拼的是"秘方"，似乎与虾无关。

道法自然，去伪存真，接近本质，这是美食的境界，也是生活的要义。蒜泥龙虾努力了。

水中人参

泥鳅，细而长，营养好，有形有实，说它是"水中人参"也算妥帖。

好东西吃了便是，却往往还要给个说法，炒出个名响。食界流行的名馔"傍大款"，多是传说，不靠谱的多，好些菜还硬要与古代的某个皇帝扯在一块儿。好像有了来头，这菜品就有了身价，有了文化底蕴。关乎泥鳅的一道名菜"泥鳅钻豆腐"竟然跟古代四大美人之一的貂蝉搭上了边。泥鳅放汤中慢炖，水渐热，它无处藏身，只好往冷豆腐里钻。结果是难逃被烹煮的命运，好似王允献貂蝉巧设美人计一样。

其实，"泥鳅钻豆腐"本身就是一个谎言。

泥鳅在豆腐中钻来钻去，豆腐借着泥鳅里外穿梭成蜂窝状，恰巧入味，想象倒是合理。事实果真如此吗？我乃吃货，难敌佳肴之诱，也想验证这道菜的传言真伪。

那天我买了一块豆腐，如法炮制。结果呢，豆腐纹丝不动，泥鳅是一条条横尸汤锅，一点也不像传说的那样，不是那么回事！看到如此情景，我的第一感觉是，泥鳅你傻呀，不往冷豆腐里钻？

既而莞尔。明白了，鱼非子，焉知子之思，一厢情愿罢了。想象属于人，不属于泥鳅。

不过，泥鳅烧豆腐却是一道不错的菜。只是不要听信传言，泥鳅是不知道钻豆腐的，豆腐要劳驾你用刀切成块。泥鳅烧前先放在盆里清水中，让它借着呼吸吐出胃里的杂食，想着每天换水。红烧泥鳅放酱油，配上葱、姜、辣椒，上色入味；白煮煲汤其用料相似，不放酱油，用砂锅小火慢炖。汤成，其汁乳白鲜美，既营养又好看。无论红烧还是煲汤，泥鳅肉都不失鲜美的口味。吃泥鳅也简单，齿咬至脊，捏头一抽，一根完好的脊骨全出。

干煸泥鳅也有做的。泥鳅片炒干水分，加豆瓣酱、料酒等炒成红色，加姜丝、蒜片等炒香，加酱油上色，佐以洋葱、黄瓜等配料，淋少许麻油便成。干煸泥鳅味重，下酒佐餐皆宜。却又很难两全，干煸泥鳅吃不出泥鳅肉质固有的细腻和鲜嫩。

泥鳅跳，雨来到。泥鳅喜欢雨前在水里打挺，这时候钓泥鳅最好。我们小时候钓泥鳅多用细竹丝。将竹篾削成枣核状，两头尖，长不过一厘米，细如牙签，做成倒"T"字形的鱼钩。钓钩中间拴根结实的细线，线系在竹竿上。蚯蚓套在竹尖上，钩放水里，不一会儿的工夫，泥鳅便上钩了。蚯蚓老是叫泥鳅吞进肚里，换蚯蚓麻烦。我们也用布兜钓泥鳅。笔记本计算机大小的一块方形纱布做成兜，四角用十字架的竹篾撑着，竹篾中间系根线，线系在竹竿上。兜里放些饭粒、咸肉、骨头等做诱饵。兜放入水中，想着过一会儿提起便是。有时，布兜里也能钓着虾和小鱼。我还用布兜钓过一条甲鱼。这一意外收获，让小伙伴们羡慕了好一阵子。

冬天至春，泥鳅便钻进泥里了。水干，沟底湿处，有细小的孔。我们知道，这泥下有泥鳅。顺孔挖泥，一锹土，就能挖到泥鳅了。泥鳅周身布满黏液，泥下有湿滑的窝，蛰伏地下，懒洋洋的似在冬眠。离水，天冷，泥鳅不再活泼。一条小沟，能挖出三四斤的泥鳅。将泥鳅放上腊肉红烧，加上姜、葱、蒜瓣等调味，那是上好的美食。天寒地冻还有这等美味河鲜，让冬日里近乎枯萎了的味蕾，复又粲然绽放。

软兜长鱼

周总理的出生地淮安是美食之乡，其软兜长鱼名声响，是1949年开国大典上的菜肴，有"共和国第一菜"之称。

淮安人称黄鳝为长鱼。淮安水多，适宜黄鳝的生长。靠水吃水，人们动起了长鱼的脑筋，以长鱼为食材，能做出108种菜肴的"长鱼席"，真不负"美食之乡"的声誉。

活长鱼急速在开水中汆一下，取其脊背深褐处的肉。将肉切成两段或三段，猛火，荤油爆炒，佐以料酒、姜、葱、椒丝，老抽上色，加上几根韭黄，最后生粉勾芡装盘。一盘软兜长鱼便做成了。盘如满月，鳝脊细长，有嫦娥舞袖的画意。软兜长鱼也有叫"嫦娥善舞"的。

软兜长鱼色泽乌亮，香气浓郁，活、软、松、酥，透骨鲜，撬在筷子上，有一丝丝的颤动，鲜嫩无比，仿佛生命犹存。

"人怕出名猪怕壮"，软兜长鱼也招惹了是非。想不到这道菜名，惊动了许嘉璐先生。

许先生是淮安人。好些年前，许先生回家乡淮安参加一个研讨会，到某宾馆看到菜单上有"软兜长鱼"的菜名，提笔将四字改为"淮安软脰"，并言："脰，古语古字也，首见于汉代《说文解字》，犹存于淮语中，可贵也。然今人多不知，此兜字代之，误名也，今为之正之。"并为这家宾馆题词"淮安软脰止此家，亚非拉美誉中华"。

许先生赞美软兜长鱼的名响之大，夸说这家宾馆的手艺之好，却也是在正名"兜"为"脰"。

脰，项后也，就是颈脊后面的肉。

后来，许先生改菜单为"软兜长鱼"正名的事中央电视台"大家"栏目访谈中又有提及。

许先生是训诂学家，研究语言文字的，有话语权。他又搬出了字书的老祖宗《说文解字》，再一看"脰"字的字义，"项也"，关乎肉与脊。淮安人一愣一愣的，不言语了，唯恐露怯。

"一愣一愣"并非完全不懂，也非完全装傻。人们无意挑战权威，小声嘀咕还是有的。

"兜""脰"之斗，其结果是，好些厨师不认账，老百姓不买账。淮安人依旧写"软兜长鱼"。许先生不会去改那么多饭店的菜单。

家乡孩子喜欢围肚兜，怕孩子着凉。吃不了兜着走，名词用作动词，用"兜"兜着。民间不只说这道菜，比如打牌，和小的，顺着牌路"就和"，也叫"软兜"的。大白菜炒肉丝，加点生粉，叫"软兜"。豆腐"软兜"就是不煎不炒，小火慢炖。"软兜"烹饪用于绵软、细长之物。"软兜"是一种烹饪技法，"软兜"出来的菜品有一种粉嘟嘟、明晃晃，鲜嫩的感觉，方言很难表述清楚，有些方言普通话也找不准一个词来"翻译"。这，或许也是一种文化现象。许先生更清楚。

其实，语言中"将错就错"的"讹变"现象是有的。语言也是工具，方便大家交流，要是这个字好些人都不认识，甚至计算机里都打不出这个字来，工具不会用，这个工具存在的意义是否该值得怀疑呢？"兜""胭"之斗，还不如一盘长鱼有味。

鱼冻子

"残羹冷饭"，无论是本意还是喻意都不是"好话"。鱼冻子却是个例外。

鱼冻子原本只是一道剩菜。鱼吃剩下了，汤多，少有人倒掉，"做"鱼冻子。天凉，汤汁和汤里胶质并不到水的冰点便成"冻"了。自然冷却，无须消费你的半点厨艺，鱼冻子便成了。天热，只消放在冰箱的冷藏室里，不出一个时辰，也能"做"成鱼冻子。剩菜，只是这么一"冻"，似有了脱胎换骨的变化，得了名分，冠以"鱼冻子"，它依旧是一道美食，讨食客的喜。

"鲜"字鱼为首。鱼冻子最大的特点就是鲜。鱼的口味经过冷却之后和胶质混在一块了。是食客们对鱼的喜爱而专事吃鱼，或是滚烫的汤汁使人们似乎不敢让它在口腔里有过多的停留，吃刚出锅的鱼时好像并没给食客们留下多少的味觉记忆，倒是鱼冻子让人品出它的无比鲜美来。莫不是喧嚣浮躁难得真味，"冷静"是遇事之策，却也是美食之道。

经过冷却的鱼冻子晶莹透亮，质感玉润，像果冻，很有弹性。入口，沾着口腔里的温度，鱼冻子随即融化，在口腔里四散开去，侵占了各个角落。鱼的鲜味和汤的鲜美完全释放了出来，细细品尝，慢慢回味，让你的味觉兴奋不已。

想想也在理，"千滚豆腐万滚鱼"，鱼炖的时间长，入味，汤鱼合一，鱼的味道完全浸入汤里了，鱼冻子多是鱼汤，自然味美。

《左传》写晋灵公派勇士刺杀赵盾，"俯而窥其户，方食鱼飧"。古人一日两餐，第一顿叫"朝食"，第二顿叫"哺食"，也叫"飧"。"鱼飧"就是吃剩下的鱼，当然是"鱼冻子"。"子为晋国重卿，而食之飧，是子之俭也。"勇士只是叹服一国正卿之节俭，却忽略了"鱼飧"之味美。这是对鱼冻子的不公，多少让人有点遗憾。

因其好吃，后来人们便专做鱼冻子了。做鱼冻子的鱼不要太大，没娘鱼、马郎鳜子、黑鱼锥子等小杂鱼（"猫鱼"）最好。葱、姜、辣椒要猛放，佐以料酒、糖、芫荽便成。做鱼冻子要点有二，一是汤要多，二是火候要到位，煮的时间要长。鱼冻子属于冷菜，纵是现做的鱼冻子也要让它冷却，等下顿"剩下"再吃。

前些日子中午，我爱人的一个表叔从乡下来我家。因是突然造访，也没来得及买菜，便炒了鸡蛋和一盘木耳。原先放在桌上的剩菜鱼冻子哪好待客，我们端起准备放冰箱里等自己下顿吃。哪知表叔眼尖，急嚷"鱼冻子好"。一顿饭下来，鸡蛋、木耳他倒没吃多少，一碗鱼冻子叫他吃得有滋有味，碗底朝天。

"人多休恋骨，菜少先泡汤"，父亲不知从哪出旧戏文里知晓了这一人多吃大锅饭的"要领"。儿时家贫，很少吃肉，也就谈不上"恋骨"。我们一家七口围桌吃饭，吃鱼时他常提及此言。菜少，要我们小孩子泡点汤，一样下饭。父亲看我们泡了鱼汤吃得有滋有味，又怕他说的话我们听得不完全懂，便又会耐心地解释给我们听。虽说父亲要我们泡汤，他自己却只是喝其他的菜汤，或是倒点白开水在碗里。他舍不得泡鱼汤。他把鱼汤放在一边，做鱼冻子。晚上，或是第二天的中午，家里又会多了一道好菜。这倒真的让我叹服父亲"之俭也"。父亲去年因病去世。每每吃鱼的时候，吃鱼冻子的时候，便常常想到父亲。鱼冻子里有亲情，怕是别人难以品尝出来的。

淮上白鱼

"要不，来一份鱼？"

"翘嘴白。"

那天，我在"小菜香"点菜，目光在菜谱上游弋，看我拿不定主意，服务员急不可耐地报出名来。她的口气坚定而自信，仿佛"翘嘴白"能把我给镇住似的。

我自然没再犹豫。"翘嘴白"不只是"小菜香"重量级的看家菜，也是淮上名馔。历史上，"翘嘴白"还是皇上的贡品。《尚书·禹贡》中有"淮夷玭珠暨鱼"的记载。《新五代史》记载，周世宗曾下诏："楚州不得进贡淮白鱼。""帝所三江带五湖，古来修贡有淮鱼"，进入宋代，大概禁不住淮白鱼美味的诱惑，又开始征集；到了南宋，因连年战争，皇帝又"谨慎"起来，宋高宗也下诏说："不欲以口腹劳人，自后寡人免进淮白鱼。"1179年，有人问宋孝宗要不要到淮上采购淮白鱼，他说，他从不派人到淮上购物，宫中也没有淮白鱼。最近蒙太上皇帝赐他数尾，他每天只吃一小段，可以够他吃半个月的了。爱江山，也爱白鱼。有意思。

全国各地江河湖泊均产白鱼，淮河白鱼最负盛名。因其嘴翘，我们也叫它"翘嘴白"。"翘嘴白"肉嫩，刺细，味美，是鱼中精品。"明日淮阴市，白鱼能许肥"，"默数淮上十往来"的苏东坡，来淮如此之多，能说他没受淮白鱼的诱惑？他的淮阴籍弟子张耒也感同身受，"鱼跃银刀正出淮"，"满尺白鱼初受钓"，对淮白鱼钟爱有加。"翘嘴白"形好，色白，杜甫夸它"白鱼如切玉"。色字当头，这也符合"色香味"的美食定律。家乡人吃鱼似乎不贪大，"满尺"尚好，能摆在碗里，当地人也叫它"碗头鱼"。

"初受钓"我钓过。"翘嘴白"是浮水鱼。夏至，好些人到淮河大桥上玩，看夜景，我们便在桥上钓鱼。将上饵的鱼钩拴在桥柱上，下探十多米，入水即可。有时我们能在桥柱上拴十多把鱼钩。有趣的是，我们只消隔些时间，一个一个地去拎鱼钩便行，而且，也不影响我们在桥上看风景。"推枕断虹卷，抚槛白鱼跳"，"江路晓来雨，残暑夜全消"，其实，我们往往会引来很多人围观，高空钓鱼本身也成了一道淮上风景。

早年，如此金贵的鱼平日是舍不得吃的，一般都会腌好储在家中，留着待客。讲究的会放上酒，放在坛子里做糟鱼。袁枚在《随园食单》中说白鱼"糟之最佳"。

一般说来，"翘嘴白"清蒸的多。去鳞，洗尽，配上冬笋、香菇、姜、葱，或者五花腊肉，"银刀"出锅，鱼入瓷盘，观其形，看其色，闻其味，无一不是享受，都叫你一时难以下箸，好像食客们的刀叉，都会是对这樽艺术品的破坏。"蒸白鱼稻饭，溪童供笋菜"，黄庭坚这样说，估计他所说的蒸白鱼里的配料和做法与今人差不多。

"酸汤鱼圆"是淮扬菜中的名品，其鱼的取材以淮白为上。肉质鲜嫩，入口即化。鸡蛋皮黄，枸杞红，鱼圆白，木耳黑，色汁鲜明，煞是好看。

"翘嘴白"最家常的吃法是煮。"淮白须将淮水煮，江南水煮正相违"，"冷落杯盘下箸稀，今年淮白较来迟"，杨万里或许是对淮河白鱼有所偏爱才说出这些话来。不过，淮水煮淮鱼，湖水煮湖鱼，那才正宗。煮淮上白鱼跟煮其他的鱼无异，这又像是对白鱼有所怠慢。还好，当地人吃饭有一个习俗，白鱼上桌，其他菜就不能再上了。"鱼一上，没指望"，鱼到菜止。淮上白鱼成了压轴大菜。

"翘嘴白"，得大味，谁与争锋。

毛刀鱼

"毛刀小炒。"

"七块钱一份。"

我正对着挂在墙上的菜单嘀咕，服务急忙凑近答话，一口报出了价格。

我是"小菜香"的常客。这里早晚有杂粮稀饭，另加单饼和小炒。稀饭免费，小炒自点，单价不一，不贵，每份十块钱左右。看到"毛刀小炒"我不自觉地出了声，像是多年不见的老乡，遇着了，还不上前打声招呼？

毛刀鱼除了小炒之外没有更多的吃法。通常的做法是将鱼洗净，配上切好的辣椒丝下锅爆炒，不出两分钟，毛刀小炒便出锅了。其实，用水清洗也只是一个流程。鱼是干鱼，水清洗的是我们肉眼看不到的浮尘，更大的意义是在于给鱼增添点水分，着油或醋有润泽感，吃起来入味，口感不至于太干涩。也有奢侈的吃法，单炒毛刀鱼，就是佐以姜、葱便可，爆炒时不加辣椒丝。

毛刀鱼是我见过的少有的干鱼。我就没吃过新鲜的毛刀鱼。其实，没有几个人吃过新鲜的毛刀鱼的。毛刀鱼虽说是湖鱼，淡水里多，但它离水就死，就地脱水晒干是最好的选择。

想起小时候的事。村民们常去赶集。集市上回来，几乎每个人的篮子里都会称二斤毛刀鱼。其实，买的毛刀鱼也舍不得吃，留着招待亲朋。毛刀鱼也算是荤腥，招待客人自然是拿得出手的，给人添面子。炒时只消放几条毛刀鱼，多放些辣椒便可。父亲把称回来的毛刀鱼放在一个竹器里。竹器叫"猫叹气"。猫叹气平底、凸肚、带盖、小圆口。猫叹气是吊在二梁上的，底下用一根绳子系着，放下它时再把绳子解开。一般的金贵茶食什么的都放在猫叹气里。猫闻其味，纵是上下乱蹿乱跳，对器内之物也是望之兴叹，"喵喵"两声只好扫兴而去，能不叹气？

我们小孩子比猫聪明。我们早闻得一屋香，是毛刀鱼的味。锁定毛刀鱼是放在猫叹气里的时候，我便悄悄地解开猫叹气的绳子，打开竹盖，用手轻轻地拈一条或是两条毛刀鱼。毛刀鱼有咸味，有鱼香味，我们只是把生鱼干放嘴里嚼着。其实，只是不一会儿的工夫，一两条毛刀鱼也已下肚。如是者再三。等到那年家里来了一位远房表叔，父亲觉得是多年没上门的老亲戚，要热情招待才是。等他把系在二梁上的猫叹气放下来，一看，一条毛刀鱼也没有了。毛刀鱼已被我蚕食殆尽。还不待我父亲发作，我奶奶一把拉我入怀，说毛刀鱼是叫"猫"给叼去了的。一直过了好些年，我奶奶都会用指头点我的鼻子，说我是"小馋猫"。

前些日我去扬中，朋友很是热情。酒过三巡，席间，上来的一道清蒸的鱼我很眼熟。这鱼体长，洁白，身子扁，形似刀。"刀"刃上布满了细小的锯齿，像毛。其刺细长匀称。我眼睛一亮。毛刀鱼！我以为真的第一次吃到了新鲜的毛刀鱼了。细一品尝，鲜嫩无比，鱼肉入口即化。原来，新鲜的毛刀鱼是这等好吃。朋友并不下箸，只是分得客人每人三条。我又暗想，新鲜的毛刀会如此金贵？

酒醒，方知我吃的是江刀，是长江刀鱼。江刀比河刀要大，其形似。江刀非河刀。那天，朋友告诉我，江刀的价格每斤已达四位数。此时正是刀鱼上市的时候。

如此之贵的江刀，不吃也罢；每天一盘毛刀小炒倒很平常。江刀是珍馐，河刀也是刀。不求大富大贵，但求怡情实在，天天如此足矣。这是美食的要义，也是生活的常理。

鱼袍套

"刚留的鱼袍套。"我刚要放下电话。"天泉湖的混子。""小菜香"的老板补充道。

天泉湖是我们这里的一个景区，紧邻安徽。湖四周是山。湖里的草鱼肉质细腻，鲜嫩可口，质量极佳。当地人叫草鱼"混子"。

隔一段时间，我是会到"小菜香"去吃鱼袍套的。

下饭店也不是天天去，更主要的是，鱼袍套也不是天天有的。因为是熟人，老板又知道我好这口，遇有鱼袍套的时候，老板会先征求我的意见，先把鱼袍套给我留着。我哪里是一人去，总得邀上三五好友，这也算是照顾了"小菜香"的生意。说到底，还是老板精明。

鱼袍套是盱眙餐桌上的一绝，包含着鱼皮、鱼骨架、鱼鳔、鱼头、鱼肠、鱼白、鱼子，鱼袍套是"刮鱼圆子"之后剩下的"下脚料"。"盱眙鱼圆"是淮扬菜中的上品。一条鱼，要是鱼不大，甚至几条鱼的"下脚料"才够烧上一盘鱼袍套的。盱眙鱼圆金贵，鱼袍套自然更加稀少。街上，常常见到有三五人在各个饭店门前转悠，一打听，是在寻哪个饭店有鱼袍套呢。

一副空皮囊，包裹着能吃的杂碎，似袍，除却鱼肉，鱼肚也在。鱼作为食材的全套仍在，才叫鱼袍套？我也说不准。当地人都叫它"鱼袍套"，也有叫鱼袍套为"鱼杂"的。

这三个字到底怎么写，我拿不定主意，那天为写这篇小文章，我特地打电话向史先生求教。史先生是我们当地的民俗专家。他向我解释了这三个字的意思，后来，他又打电话过来，说也可以叫"鱼宝套"的。

鱼袍套要红烧。如果鱼子多，因其不易熟，一般先将鱼子在锅里用油先干焙。将鱼子盛出，锅里放油，将切成块状的鱼皮、鱼肚、鱼头等先在锅里煎，鱼泡要先用刀或是牙签将其挑破，佐以姜、葱、辣椒，倒入鱼子，一次性加好水。大火烧开，小火慢炖。放糖、料酒、生抽。白糖提鲜，料酒去腥，酱油着色。汤不能完全收干，不出一个小时，一盘红烧鱼袍套就差不多好了。出锅时放些芫荽、蒜末，再淋几滴麻油。香喷喷的鱼袍套定会令你垂涎欲滴。

常常，刮过鱼圆去其肉的鱼没有多少下脚料的。鱼小，鱼肠多半扔了，少有鱼白，鱼泡也不大，只是鱼皮、鱼头和鱼骨。纵是这样，也少有人将这些扔掉的。人们会想着在鱼袍套里放上一块或半块切碎的豆腐，一块儿红烧，味道也不错。鱼袍套烧豆腐，成了绝配。

嘬鱼头的"呼呼"声，吸骨髓的"滋滋"声，嚼鱼子和鱼泡时牙齿的相互磨擦声，以及喝鱼汤时表现出旁若无人的畅快，鱼袍套，仿佛使人所有的感觉器官，都跟着兴奋了起来。

我也常出差，有时在外时间久了，就想到饭店点一盘鱼袍套，要一瓶啤酒。哪里有？有几次端上来的只是红烧"鱼杂"。鱼头、鱼尾、鱼子，或者是小杂鱼混烧而成，没有吃到过一次纯粹的鱼袍套。鱼而已。异地他乡，索然无味的时候，别无他求，有时，很简单，要是有一盘鱼袍套多好。这就么想的。

想多了似乎明白了，鱼袍套里，有家乡菜的味道，家的味道，乡愁的味道。

啤酒虾

冠"都"的城市越来越多，有文化之都，有服装之都，有荷花之都，盱眙冠"都"的是"龙虾之都"。

小龙虾的品相并不好，张牙舞爪的，没来头，没根基，没文化品位，历代文人墨客当然没落下一笔。可盱眙龙虾却是有十足的美味。也许你不信，好些人是先尝了盱眙龙虾才知晓盱眙的。说"盱眙"外地人或许一时没反应，"龙虾"一出口，对方便一连串"知道了知道了"，仿佛满口流香。

更让人没想到的是，虾跟啤酒扯到了一块儿，啤酒虾成了好搭档。

朋友在街上相遇：吃虾去？好。一拍即合。到了大排档前一个响指：两盆虾。虾没吃酒没喝便有了兴奋劲。虾上来，不用再招呼，小姐已码好两箱啤酒在一旁，先一人开一瓶，顺手一人发一把啤酒扳。

"十三香龙虾"是道"药膳"。你以为"十三香"是味多，那你就小看它了。有人说烧龙虾的厨师是"半个郎中"，个个是"抓药"的行家。这我信。方子有：丁香、山楂、甘草、当归、甘果、八角、花椒、胡椒、豆蔻、小茴、肉桂、白芷、木香、草蔻、孜然、甘松、香叶、阳春砂仁，等等。方子如何配这是秘籍。料要猛，比如葱，出锅的虾盆里，会铺有一大把，少说有半斤。

够味，麻，辣，香，"丝丝拉拉"地张嘴，"唔唔唔——辣死了，辣死了"，把满是汤汁的手在嘴上拍。喉结一动，馋虫又上来了。一甩手，啤酒在案。这啤酒放的正是地方，这啤酒来的正是时候，这啤酒怎么就这等恰到好处呢？举案齐眉，抑或红袖添香，不也是佳人相伴、美人在侧？啤酒倒是这等矜持，暗香浮动，幽兰轻吐，冰肌玉骨，消火解气。

无箸，"双手撒把"，脸在盆间，嘴在螯间，剥壳，撕咬，歪头，露牙，以极其丰富的肢体语言与虾"交流"；吸汁，吮黄，嘬壳，吃出动静，吃出响。忘为，忘行，别绅士，别淑女。所有这些，最后都会让啤酒消遣得服服帖帖。放纵恣意，还不都在隐忍过后渐次清醒。

"盱眙龙虾鲜美，烧时还有个秘密你知道吗？"那天有个"郎中"问我，我不知。"放啤酒。""郎中"狡黠而神秘，不示人，好像在说："一般人我不告诉他。"啤酒虾，"缘"来就有你。

盱眙有个龙虾广场，据说是全国最大的山地广场。广场边有个龙虾博物馆，这也是全国唯一的一个龙虾博物馆。盱眙每年办一次"龙虾节"，"十多年啦"。盱眙为这道菜做足了文章。

山在上，松在上，星在上，月在上。一桌，两桌，一百桌，一千桌，想想看，有一万人在一起吃龙虾是个什么样子。"吃虾去！""好。"我是每年都要去参加这万人龙虾宴的。那场面，那是相当浩大。

小龙虾，原名克氏原螯虾（P.clarkii），原产地是中、南美洲，20世纪30年代从日本引进，日本更早则从美国引进。啤酒也非杜康所酿。难怪啤酒虾这等张扬，原来都是"老外"，缘分呀！

藕　丹

"苔下韭，花下藕"，是说韭菜开花和藕开花时好吃。

"花下藕"洪泽湖边上的人也叫"新花藕"。新花藕鲜嫩，脆，刚生丝，通体如玉，不见一丝"锈"色和麻点，白生生的好看。新花藕生吃清爽可口，凉拌更佳，是夏令美食。

这样说来，藕丹是"花前藕"才是。

藕丹是没有"发育"没有长大的藕。藕丹周身细长均匀，不见半点起伏，一头有尖且嫩红的芽，一头连着藕根，比拇指粗不了多少。藕丹也叫莲鞭或是莲花茎，也有的叫藕带，还有叫藕肠子的。藕丹这等细弱纤嫩，因为采时藕还没开花，采得早。

藕丹娇嫩。早市上的藕丹是放在盆里卖的，盆里放满清水。藕丹长不盈尺，一色的芽尖朝上，齐齐地趴在盆沿。嫩芽仿佛在叽叽喳喳地朝外张望，埋在泥里的藕丹出水了天光大开，看着外面的新奇。摊主自然没那么诗意，也像是要管束它们，并不让它们东张西望似的，用一张碧绿的荷叶将盆罩住。骄阳似火，摊主是怕藕丹被晒着。你别担心这样会误了卖藕丹人的生意。买菜的人知道，这摊位不是卖荷叶的，卖的是藕丹。要是你拿开叶，一盆白嫩嫩没出浴的藕丹泡在水里，甚是可爱。其实，这样遮着掩着还有一个原因是怕有人说闲话。

起初，也没有多少买菜人去掀开那张荷叶的。因为吃藕丹的人不多。这"闲话"就是怪采藕丹的人"作孽"，没长大的藕就采了吃了。可惜呀。不食是最好的抗议。

食客却是这样的无理，喜欢"食雏"。我们这里流行吃"活珠子"。"活珠子"就是孵化成鸡没出壳的蛋。我见过有人吃的玉米笋只有小拇指粗。玉米笋就是没长大刚成形的玉米。我吃过的一道"群缨荟翠"竟是刚发两片芽的萝卜苗。其合理之处就在于一只"活珠子"比一只鸡蛋贵得多，卖玉米笋要比玉米省时省力且价格不吃亏，"群缨荟翠"卖的自然也不是萝卜所能比的价钱。后来人们想明白了，食客们喜欢"食雏"不"作孽"。吃吧，吃吧，大不了我不卖鸡就是，改卖"活珠子"。自然也有人做起了卖玉米笋和萝卜苗的营生。藕丹渐次成为人们喜好的一道美食也自有它的道理了。

藕丹甜、嫩、脆，生吃最好，是年轻女孩子的最爱。她们吃得恣意忘为，拨开荷叶，捏一支，或是一把，一边走，一边吃，哪里还顾及淑女形象。手指如藕丹，抑或藕丹如手指，纤细如玉，莲香有风，轻啖慢品，不也是炎炎夏日能给人带来一丝凉意的风景？

　　凉拌藕丹居多。洗净，切片，极快地在开水里焯一下，放上盐和味精便可。这藕丹嫩得都没了嚼劲，却讨得老人和儿童的喜欢。

　　清炒藕丹最妙。味要淡，可适当放些白醋、糖，大火，掂勺两三个回合便行。白藕丹，红椒丝，绿葱叶，黄姜丝，色汁青艳，色香味占尽。藕丹和藕一样，清热，解毒，也是夏日滋补、开胃养颜的佳品。这也不枉它有"水中之参"的美誉。

鸡头梗

我猜鸡头得名于它的花。

出水盈尺，梗若细长的颈，周身长满毛茸茸绒羽也似的小刺，花如鸡蛋大小。花瓣如冠，淡紫，粉红，引颈高歌状，活脱脱鸡头的样子。

知道鸡头学名叫芡实是后来的事了。洪泽湖边的村民不买账，依然叫它鸡头、鸡头米、鸡头梗、鸡头叶。现在的芡实单指湖边村民说的鸡头米。想想似乎不准确，也不公允。这样省略可能是因为人们只在意芡实的果，其他根、花、茎什么的已不作数了。芡实是中药房的好东西，也是人们餐桌上的美味。其实这"身上长刺、头上长角"没多少人敢惹的鸡头梗也是"湖鲜"，是一道时令美食。

鸡头梗有名分实在是因为它是当下不可多得的小菜。这里的"不可多得"至少有两层意思：一是采鸡头梗难；二是鸡头梗挺时令的，可食时期短。

鸡头梗是洪泽湖边上各家餐馆的必备炒菜，最常见的做法是清炒。鸡头梗是水生植物，性冷，炒时自然离不得椒、葱、姜这些暖性的东西互补。将梗切成滚刀块，佐以椒丝、姜、葱，猛火，要是适量放些糖和醋炒出来的鸡头梗会更清脆。鸡头梗爽口，味清淡，初入口发涩，细嚼清甜，要是嚼过之后长长地吸一口气，这样清甜的味道会体味得更真切。

初到洪泽湖边上吃饭的人，餐馆主人会提醒你先吃鸡头梗这道菜，防止吃过其他味浓的菜后味蕾麻木，吃不出鸡头梗清淡甜美的妙处，吃过之后自然也会提醒食客去长长地倒着吸气。这吸气的样子虽不雅甚或有点滑稽，但食客们个个都很听话，依着店老板的吩咐一个个撮起嘴"咝咝咝"地吸气。这种"回味"的吃法让鸡头梗一时成了叫得"响"的名菜。

"鸡头梗——鸡头梗嘞！"鸡头梗是早市上热卖的菜。可着能炒出一碟的样子，不分斤两，将鸡头梗一小把一小把地扎好，论把卖。一块钱一把，买的人丢下一块硬币，抢"鲜"一步，抬脚就走。摊主一边吆喝，一边拿带叶的桃条或扇在鸡头梗上来回地挥动，以防有苍蝇叮咬，也为引起买菜人的注意，间或用装满水打上眼的雪碧瓶在鸡头梗上洒水。水滴若露，看着新鲜。鸡头梗娇嫩。刚上摊的鸡头梗是白生生的，如脱水叫太阳晒了之后就变成嫩红色的，要是时间再久了它就会变褐，身上长"锈"，这样的鸡头梗炒出来就"皮条"了，不可口，自然不讨喜。买鸡头梗套用张爱玲"出名要趁早"的那句话就是"买鸡头梗要趁早"。

鸡头梗满身是刺。知了猛响的当儿正是采鸡头梗的好时候。入水，徒手时断不可正面接触它的，刺尖，扎人疼而麻，还会留下褐色的点，碰不得。我小时候采它是连根挖起。一个猛子入水，从鸡头根部挖泥，三四个猛子之后，一棵鸡头梗挖出来了。很小心地拔开刺，用指甲剔开一小段皮，然后顺着丝一拉，那连着刺的皮便一路拉到了头，一段白生生的鸡头梗便现出来了。知了声短，天渐冷，花谢籽熟，那时候要是再想着吃鸡头梗就晚了，怕是鸡头梗连嚼都嚼不动了，哪还有一丝鲜味？

野菱香

"绿房子，两头尖，两只耳朵翘上天——菱角！"

院里，几个孩子围坐在一起玩"破命猜"的游戏。"破命猜"类似于猜谜，所不同之处谜面是几个孩子边跳着拍巴掌边说的，然后又自己同声说出谜底。"说"有节奏，响，比"凤凰传奇"里那个男生说得口齿清爽。"破命猜"会一连说出一长串的谜面和谜底，直到孩子们个个气喘吁吁，小脑门儿冒出了汗。

孩子们说的菱角让我想到了野菱角。野菱角小，有四只角，沟湖河汊里都有，自生自灭，没人管，跟臭蒲、野水芹们混杂在一起。叶，心形，一片片向外伸展，接二连三地在水面开放，像漂浮在水面上的剪纸；花，紫色，夹杂着浅白，星星点点，给荒蛮的野水增添了些许的矜持和妩媚。没有多少人会这么矫情去欣赏水上的野菱。有人会捞野菱秧切碎做饲料喂猪，但，这一点也不影响日后人们水里采菱。野菱野，水里多得是。

"采菱白晰郎，荡桨后复前。"明人张元凯《采菱词》里说采菱要"荡桨"是有大动作的。我们家乡人采菱角坐的船叫"丫"，没有桨，行时用手划水。"丫"其实是一只木桶，长不过两米，窄，只能容下个身子，两头尖尖，状如一只菱角。"丫"小，不担风浪。坐在"丫"里，水近船沿，左右都是菱秧，你采便是了。"丫"在水中走，几乎不留路痕，纵是菱秧翻过之后露出白底，这你也不用担心。只消一宿，菱秧们又自个儿翻过身来，缓过神，一色青，精神抖擞，没有了翻动采摘过的痕迹。"雨埋钓舟小"，"嫩剥青菱角"，白居易说的船也不大，或许类似我们家乡采菱的"丫"。

"嫩剥青菱角"是对的，白居易没有告诉你怎么剥嫩菱呀。每次到菜市场我都会在卖野菱的摊前驻足。剥菱人右手拿刀，刀上裹了布，刀前端露出刀口，左手拇指和中指、食指捏住菱角，顺着菱角两个侧面，手起刀落，三刀，一个白生生的野菱角米就出来了。卖菱人边上一个盆，盆里堆满了新剥的野菱米。嫩菱米白里透亮，水润，有玉色。

野菱老了后剥了它晒干，冬天熬粥最好。拌上芡实、花生米和各种豆，做出的腊八粥有股独特的野菱香。晒干的野菱米装在坛子里，有时，能吃上一年，或是两年。

我们喜欢自己到水里采菱。野菱生吃，甜，有一丝淡淡的沁凉，只是用嘴咬壳时菱壳很苦涩，汁败味，还常常叫野菱的角尖刺破嘴唇。

配上姜丝、辣椒丝、葱，刚剥出来的青菱米炒吃最好。姜黄、葱绿、椒红，一盘菜充满生机。一筷一粒，有人贪心，想在盘里慢慢地多撷几粒，菱米光滑哪里听话，纵使有两三粒菱米叫筷子夹住了，往嘴里送时，手一抖动，菱米洒落在桌，筷子上只落根姜丝或是红辣椒丝。撷菱米者倒也眼明手快，迅疾地将还在逃的菱米用手拈它入口，舍不得糟蹋了菱米，不嫌邋遢。围着一盘野菱米，有时五六双筷子同时伸进盘里，手如喙，像鸡啄食，直至盘底朝上，听响。酒酣，食客一回头"再来一盘"，服务员无须问"来一盘"什么的，便已知道是野菱米了。野菱香，这种默契，是食客摸透了菱米的口味，也是服务员摸透了食客的脾性。

野菱秧

"风乍起，吹皱一池春水。"

吹皱了的是野菱秧吧。夏深了，野菱秧已满湖放叶，状如一朵朵在水中盛开的碧绿的花，挨挨地簇成一片。原本贴着水面浮萍样的叶子挤在一块儿，比着肩都出了水。这便让风钻了空子，碧绿的裙裾成片地露出底色来，走光了不是？

这当儿说秀色可餐就对了。有食客打起了这满湖挺好看的野菱秧的主意。

野菱与家菱不同。野菱小，四角。家菱大，两角。最难对付的便是野菱的四角，又尖又硬。船上的渔民个个都是剥野菱的好手。四周一片野菱，坐在船头，仿佛蹲在碧绿的地毯上，手起刀落，只消两下一粒野菱米便脱壳而出了。再剥伸手到船边水里捞一把野菱秧便是，野菱角都在秧上乖乖地待着。乳白，嫩红，野菱角鲜炒或是晒干煮粥都讨喜。只是这瘦弱纤细的野菱秧一时成了餐桌上的时尚美食，是很少有人知道的了。

野菱秧不靠谱。我只在一道"珍珠翡翠汤"里见过野菱秧的影子。"珍珠翡翠汤"主料有鱼圆、芡实米、莲子等圆形"珍珠"，再配以水芹、蒲儿菜等湖中色彩各异的"湖中八鲜"。这"八鲜"里就有野菱秧。不过，这里的野菱秧已摇身一变被"包装"改名为"龙须草"了。这道菜里的"湖中八鲜"均采其色。野菱秧是褐色的，并不得宠，取名"龙须草"或许是想抬高身价。乾隆皇帝巡视江南，经泗州时吃过这道菜。传说而已，不当真。

中国菜讲究色、香、味，色字当先。野菱秧色相不好吃了亏，这也是它不靠谱的原因之一。再有就是野菱秧吃多了"潮心"，野菱秧刮肠子，吸油。这倒好。现在没人理这一套了，巴不得能把肠里的油都刮了才好，省得天天喝肠清茶吃减肥药了。野菱秧成了餐桌上的新宠，成了女孩子们的最爱。

"野菱秧凉拌"是流行的吃法，是盛夏时令小菜。这道菜做起来并不难。将野菱秧捞出，摘叶、去须，在开水里焯一下，然后切碎便可。装碟时再佐以盐、味精、蒜泥，要是再拌些香菜或滴上麻油那会更好。凉拌野菱秧绵软生香，清凉爽口。吃野菱秧要斯文，要细品慢嚼，断不可海口。只一小碟的野菱秧哪经得起你海吃，再好吃，这细末状的野菱秧你一筷下去也撷不了几粒。

那天外地来几个文友到小城，我们在洪泽湖边上一家"水中仙"餐馆就餐。席上就有一道"凉拌野菱秧"。起先，这黑不溜秋的野菱秧无人问津。我作了一番介绍，引起了文友的兴趣。

他们一边听着，一边都将筷子伸进碟里，试探性地尝尝。果然好吃。听着，嚼着，虽说好些人都在漫不经心地听我讲话，这一点也不影响他们各自把筷子伸进碟里搛菜。有时，五六双筷子一同伸进碟内也觉有趣。

鸡头米

要不是年少时的无知和狂野，哪有一帮吃鸡头米的小屁孩会冠以"竹枝帮"的呢？虽说好笑，却觉得有趣得很。

"竹枝帮"只是一些喜欢吃鸡头米的小食客。童言无忌，按当下的说法，"竹枝帮"就是一个"群"，叫它"鸡头群"或者"竹枝群"才是。

我们上学的时候，书包里除了课本之外，都备有竹枝。竹枝一尺来长，细，一头如牙签。竹枝粗不得，要能插进鸡头米的嘴里才行。

竹枝是我们吃鸡头米的工具。鸡头米硬实得很，硌牙，纵使你龇牙咧嘴能把鸡头米咬开，力道却往往把握不准，壳与米俱碎，壳陷进米里，混杂在一块了，叫你无法咀嚼吞咽；壳苦涩，浸出的汁让你不喜欢。我们曾经为如何吃鸡头米没少动脑筋。用竹枝吃鸡头米真的是一个"创举"。

鸡头米虽说结实，却有一个细小的圆"嘴"。这让我们找到了它的"软肋"。我们把竹枝细的一端插进鸡头米的嘴里，在课桌上一掼，鸡头米的壳就粉身碎骨了，叮在竹枝一端的鸡头米完好无损。我们只消把竹枝一头伸进嘴里，一抿，一抽，一粒鸡头米就落进肚里了。

一般的情况下，我们不会轻易一掼一吃了之。我们会把这个动作放大，让整个吃鸡头米的过程充满仪式感，有气场。在耐心把竹枝插进鸡头米嘴里之后，断不会忘了用臂膀把竹枝在空中挥舞一番，像是跳水运动员做动作一样。我们把这个"难度系数"提高到极致，比如一个腾空跃起，再加上一个转身，一个同期声"哈"，像少林小子那样充满力道，再把竹枝掼在课桌上。这样吃鸡头米也有风险，往往用力过猛，米与壳俱碎，甚至连竹枝也一同掼折。这也不要紧，我们又会从书包里再抽出一根备用的竹枝。

课间十分钟，几乎成了"竹枝党"们在课桌上掼鸡头米表演的时间。壳飞舞，让值日的女生多有埋怨。我们无须理她。我们留心的是，上课前要看看老师的讲台上是否落有鸡头米壳。

我们也有用竹枝在树上掼的，在书上掼，在墙上掼，在家中的桌子上掼。时间久了，家里的墙上、桌子上，会有密密麻麻褐色的点。有时，身边并无他物，我们就一个鱼跃，卧倒的瞬间在硬实的地面上掼，我也因此常常膝盖被蹭破。纵是没有鸡头米了，我们也常常竹枝不离手，在空中莫名地比画，发出"嗖、嗖"声，嘴里同样"哈、哈"地出响。手里的竹枝，俨如佐罗手中的剑。

　　鸡头米学名叫芡实，我们叫它鸡头米，因其花苞如喙，花开如冠，酷似鸡头。吃它有趣，采它就不是一件容易的事了，还挺遭罪。

　　鸡头满身是刺，我们不敢碰它。大人多是用刀割，我们没有刀，大人也不允许我们动刀。我们扎猛子下水采鸡头，在水下挖去根周围的泥，连根把鸡头拔出来，再抓住根部把整个的一株鸡头拖上岸。鸡头叶硕圆，又大，采它拖它都很费力。纵使你再小心，也常常遭刺扎，扎后又麻又疼。手上和腿上，还会留下好些遭扎后的小黑点。我们挖鸡头米所遭的罪，早已被吃鸡头米的乐趣掩盖得不见踪影了。

　　虽说我们近乎玩劣，说话、举止也常不靠谱，但是，"竹枝帮"们的肆意和张扬，率性与快乐，怕是现在的孩子们体会不到的了。

疯 虾

直至有一串串演艺界叫得响的"星"来尝鲜，直至小城举办"龙虾节"，一台千人龙虾宴且申报了上海吉尼斯纪录，我才知"手抓龙虾"已叫人吃"疯"了。

没有碗，也没有筷子，面前是只龙虾堆成了尖的盆。人们把手伸进盆里，把脸埋在虾螯间龇牙咧嘴，吃相夸张，无所顾忌。

"小龙虾"也叫"海虾"。但它不是长在海里，是淡水虾，唯其个大，小城人才冠一"海"字。像海碗，就是大碗；海量，就是酒量大，能喝酒。其实，龙虾的身长也不过十几厘米，比当地的米虾当然要大得多，但比起真正的海虾来，它真是"小虾见大虾"了，哪里还"海"得起来？

龙虾红，螯大，很具观赏性，起先人们只是把它放在金鱼缸里看。关于龙虾的来历，小城人把账都记在了一个叫"玛丽小姐"的人身上。其实，没有人知道玛丽小姐是何许人，龙虾是否真的是玛丽小姐带来的也没人去考证过。但有一点是真的，龙虾这些年繁殖极快，满湖满沟都是。小城水多，北依洪泽湖，淮河穿境而过，境内水网密布，有水的地方就有龙虾。在乡村，早上起来穿鞋的时候你得留心，说不定鞋窝里会趴着一只龙虾的。

前日有个朋友约我去钓鱼，去的是一片靠近洪泽湖边的鱼塘。鱼塘有三十几亩地。主人很客气，话也多，一脸阳光。我猜他的鱼长势一定好。他却笑他是歪打正着，种瓜得豆，收了虾！一天能捕……说着，他笑呵呵地伸出一个指头要我猜。我就往大里说：一百斤。主人摇头，我说是一千斤，他还是摇头。朋友看我迷糊，赶着帮腔："是一卡车！"天！一天能捕一卡车龙虾，我哪里能猜得着？再说，这虾哪有以车为计量单位的呢。光一年捕的龙虾的收入他就有近十万元。

也是，这么多的龙虾怎么就想不起来吃呢？乡下人起先不敢吃，这么红红好看的物种，唯恐它像彩色的毒蘑菇。城里人胆大，敢吃。但吃起来也没有花样，只不过是洗净用水煮，讲究一点的再放上些葱姜之类的作料，再用醋蘸着吃。

"手抓龙虾"作为一道叫得响的菜是近几年的事。在省城，我常去挂有"盱眙手抓龙虾"牌匾的饭店，不只是能染上乡情乡俗，实在是这手抓龙虾的"味道好极了"。现在我常与外省的媒体编辑打电话，说"盱眙"多半人不认识这两字，一说有"手抓龙虾"的那地方，人们就"呵——知道知道"了。

"手抓龙虾"的虾要大才好，红里透着一层淡淡的褐色。红而墨的虾壳硬，虾老，肉不鲜。虾要现烧现吃，待客人到齐了，才理虾。剪去小爪和触须，用刷子刷去粘在虾壳上的脏物。虾用尾巴还能把身子拍得啪啪响的时候，就下锅用猛火炒。炒虾锅要大，油要多。决定虾烧得是否成功的因素是作料。葱姜当然要有，还要丁香、草果、大茴、白芷、桂皮、五香、花椒等十三种纯天然植物香料用传统方法炮制而成的配料，小城人叫"十三香"。这些多半都要到中药房里才配得齐，小家庭没有这么多的工夫。街上就有人做"十三香"的买卖，一包一块多钱，龙虾烧好了放一点就行，味道也很鲜美。但真正讲究起来，买来的"十三香"还嫌味淡，烧出来没有个性，小城"杨四""红叶"这些烧海虾烧得好的饭店都是自己配料。一盆虾以六斤左右为宜。现在少了，多是三斤，也有二斤的。一盆热气腾腾的虾端上桌来了，虽说香气袭人，但急不得，烫手，得把一大把的纸手巾准备好。

拔开鳌与壳，把白嫩嫩的肉蘸上卤汁，手和牙就行，杯盘箸叉都是多余，不要饭，不要茶，菜饭合一。省却了烦琐的程序，人与食物是这么亲近，"手抓龙虾"完成了人们对于食物最本能的俗望——充饥和美味。在人们过多地深究物质世界形而上的东西之时，"手抓龙虾"因着它的实实在在而引人在意，吃，毕竟是人们生活的第一要素。

新花藕

"妾心藕中丝，虽断犹牵连"，"藕断丝连"，喻意本意都在说藕中有丝；新花藕就不一样了，它没丝，藕嫩，丝还没成。

"红藕香残"，已是秋日，藕虽成，却有沾了点悲凉的味道；六月荷花开，我们便下水采藕，夏浅，这会儿的藕我们叫它"新花藕"。

新花藕丰满玉润，透亮晶莹。家乡人常拿小孩手腕比喻："长得跟新花藕一样。"新藕初成，一如处子。

藕不见丝，脆不听响，微甜，清凉，爽口，还有一点点的生涩。采上来的新花藕我们哪里舍得吃它，把玩再三，不忍下口。水中上岸，攥在手里，藕叫焐出了温度，直至外面有一丝丝褐色的藕色，表面失去些许水分而不再精神，变软绵柔，蔫了，我们才把它放在嘴里，一小口一小口地品尝。

"江南可采莲，莲叶何田田。"我们采新花藕怕是要早，见花不见莲。莲叶已"田田"状，我们便悄悄地潜入水中采藕。我们叫采藕"崴藕"。崴藕就是脚掌向外，在藕四周将泥一块块地扒开。一手扶根荷梗，身子在水上晃悠，围绕在身子的四周，能晃出一个波形的圆圈。悄无声息，有时，一抬眼，我们会发现有几个小脑袋在水中晃悠。

崴藕的小动作都在脚下，上面你是看不见的。小时候，每次我经过荷塘的时候都会蹲下身子在水面上细看，看有没有细小的波纹圆圈。一看有圆圈晃动，我就知道了，塘里有崴藕的。扒开的泥块并不听话，就在藕四周待着，借着水的浮力，又晃了回来。这时，我们就要手脚并用了。一个猛子扎下去，用手把回迁的泥扒开。淤泥深，采到一节新花藕，我们要扎几个猛子入水。

崴藕是有风险的，倒不是怕荷塘里真的有水鬼，我知道那是队长吓唬我们的。我妈管束我们，她不许我们下塘崴藕。藕没成采了不是"糟蹋粮食"吗，作孽呀，那还不挨扫帚打呀。

我妈判断我们是否下水崴藕起先是看我们的腿上面是否有划痕血印。因为藕梗上有刺，会划伤腿。后来叫我们识破之后，我们会用荷叶把腿包起来下水。这一招又叫我妈识破了。她会看我们腿上的水色，下过水之后腿上有水锈，水锈淡黄色，有些许的亮光。有时，我妈还会用指甲在腿上划，划出明显的白痕了，就证明我下了水了。纵使我妈在我腿上找不到证据了，她仍旧能在我嘴上看出破绽。吃过藕之后，嘴唇上有藕色。我们忘了没有立时洗去藕色。其实，我妈不知道，这哪里都是藕色，多半是我们入水时间过长，六月水凉，嘴唇是叫冻乌了的。

　　我常在想，在"食雏""食小""食野"成风的当下，新花藕一定是不错的选择。只是，有谁还会去花下"崴藕"呢？

　　藕作为一道受人喜欢的食材似乎是大人的事，那个荷塘里崴藕晃出的小圆圈依旧在荡漾。新花藕一如我们的青春年华，绽放在我们童年的记忆里。

第三辑：家之馐

鸡蛋饺子

之于美食，荤更有味。要是饺子是鸡蛋饺子，"实在好吃耶""讲在点子上"了。

"讲在点子上"就是说中要害的意思。

鸡蛋饺子"实在好吃耶"那是真的，它是饺子中的极品。

鸡蛋饺子"色香味"三字占尽。饺皮因为是鸡蛋做的，煎好后色泽金黄，没有退尽的油渍泛着些微的光亮，显出典雅与不俗，叫人垂涎。略带褐色的斑点，散发着烟火烤过的香味。鸡蛋饺子有多好吃，我奶奶说放嘴里连舌头都能一块儿咽了。

我奶奶常常会冷不丁地冒出一些警句来。

鸡蛋饺子与普通饺子的最大区别就在于饺皮的不同。

做鸡蛋饺子皮用铜勺最好。铜勺传热快，勺底部位小，恰巧兜得住馅儿。勺放煤气灶上，滴少许油。勺热，将搅匀的蛋清蛋黄倒入勺中，晃动勺子，放入馅儿，待鸡蛋皮外焦内嫩的时候，迅即将蛋皮四边相合，一只鸡蛋饺子便成了。

做鸡蛋饺子要掌控好两个环节。一是火候，火小皮不成型，自然做不成饺子。火大了里外都焦，蛋皮黏合不到一块；二是勺内油要适度，见油油不淌。油少了蛋皮粘勺，蛋皮易碎，油多了蛋液不粘勺，跟馅儿混一块儿了。

做成的鸡蛋饺子只是个半成品。皮熟馅儿不熟。馅儿有肉末，放些韭菜、青菜、香菇什么的均可，再拌上葱、姜、胡椒、味精之类的作料。凡是能包饺子的馅儿，做鸡蛋饺子的馅儿也成。

做好的鸡蛋饺子要烩。高汤最好。汤内根据自己喜好，放木耳、笋、青菜、黄花菜、蒜花和各种菇类边菜均可。一大碗杂烩，边菜虽说很多，也讨食客的喜欢，但主角依然是鸡蛋饺子，为杂烩撑了门面。鸡蛋饺子是待客的上品。自然，一碗鸡蛋饺子上桌，也为主人挣足了面子。

拌馅儿，做蛋皮，备料炖烩，做鸡蛋饺子很是烦杂。尊贵的客人上门才做鸡蛋饺子的。虽说如此，过去江淮一带的人家每家都备有一把做鸡蛋饺子的铜勺。

那天周末接到父亲电话，要我们兄妹几人都回家吃饭。过了一会儿，父亲又打来电话，说："回家吃饺子。"饺子哪里稀罕，但父亲的再三叮嘱叫我们疑心家里会有其他什么事情。我们兄妹几个互通了电话之后决定都"回家吃饺子"。到家一看，一桌的菜，还有就是父亲端上桌来的一大碗杂烩鸡蛋饺子。父亲虽说也坐在桌上，但他并不吃，不时地向我的女儿和我的侄儿们的碗里搛鸡蛋饺子。搛过之后看着他们吃，好像看着比吃着还津津有味。

只是吃饭，并无他事。待我们离席要走的时候，父亲叫住我们，要我们每人都到厨房拿盒煎好的鸡蛋饺子带回家。怪不得母亲在厨房忙着没有上桌吃饭。父亲嘀咕，为准备这一桌饭和这五份鸡蛋饺子，他们早上五点钟便起身忙了。我们怪父母太辛苦，家里人哪有那么客气的。父母依旧喜滋滋地笑。

想想也不能埋怨父母。在老人心里，家里的孩子，哪个不是贵客呢。

双 红

我猜，取名"双红"是因为它的色汁好看，褐红色，再就是菜品中的两种主料都是争霸的角儿，难分伯仲。食客们不好取舍，耍滑头，互不得罪，道它个"双红"。好听，好看。

人们对菜品中的"色、香、味、形"做足了文章，其实，给每一道菜起一个好的名字，也没少动脑筋。

那天我和两个朋友去餐馆小酌，服务员见我犹豫，面对菜谱不知所措，便建议我们点份"双红"。说"双红"是他们餐馆的招牌菜、特色菜。听到菜名，我和朋友相对一视，眼神中流露出不可捉摸的认同和欣喜。又是招牌菜，又是特色菜，且有推介，就是它好了。她推介的其他几道素菜我们甚至连菜名都没听清楚。

大概服务员永远也不会明白，我们是三个被套很深的股民，那天正想找个地方喝酒解闷，能遇有这份"双红"，是炒股人的好口彩，多少给人一点振奋和些许期待。

如此说来，一道菜，还能契合食客的心理需求，除了让食客有口馋之福还能让食客获得精神享受，怕是很难得的了。"双红"努力了。比如股民，比如学子，比如夫妻，比如职场中人，比如朋友，谁不希望"双红"呢。好事成"双"，好事；"红"又是"正"色彩，这道菜自然不吃亏，讨食客们喜争得"招牌菜"的名位有它的理由。

"双红"就是咸鱼烧猪肉，说破了往往无趣，我更多的是形而下地在意这道菜的口味。

猪肉菜缘极好，与诸菜搭，其做法多了去了；鱼靠它丰富的品种和低脂高营养取胜，也不放弃餐桌上的半壁江山。原本是两条轨，各行其是，各有搭配做出花样繁多的菜。两强相遇，会是一道怎样的"双红"？

"肉无鱼不鲜，鱼无肉不嫩。"这是食客们对"双红"的最终评价。两强互补，打了个平手。"双红"是又鲜又嫩。

咸鱼要用水泡，浸软，去些盐分。肉要五花肉最好，先在锅里焯一下，去掉血污。在做"双红"的时候有意思，厨师仿佛要把这两个主料的情绪都照顾到了一样。切块的时候要比着尺寸，三厘米大小的方块，长不盈寸，咸鱼也是，五花肉也是。厨师是"和事佬"，他会把它俩调制得恰到好处，料酒、葱姜，再加上着色的老抽，半个钟头之后，鱼块、肉块都着一层油"嘟嘟"地冒泡，好像都没了争斗的锐气，有了好脸色。其时，你也分辨不出来哪是肉块，哪是鱼块来的。

"双红"不仅鲜、嫩，也香，且肥而不腻，色汁诱人。

那天看新闻，是一档对美国总统奥巴马的访谈节目。奥巴马说起他有办法对付女儿文身的事。主持人跟所有的观众一样，都好奇。都想知道这个总统大男人会有什么招术。奥巴马说，就在他女儿纹身的同样的地方纹出同样的图案，让她觉得不再新奇。不觉莞尔，有意思。

"双红"中的主料不再自负怕也是中了"总统"级大厨的招，让它一样着色，有一样的形状，有一样的配料，所不同的是，鱼肉乖了，锋芒不再，倒让食客们大快朵颐起来。

给厨房添点情趣

孟子说"君子远庖厨",我猜是因为孟子见不得血腥屠戮,"不忍见其死","不忍食其肉"。孟子没准是素食主义者,他该是"动物保护组织"的鼻祖才是;对于植物呢,要是再让一些蔬菜们在厨房里为人们的生活平添些生活情趣,制造出一些诗意来,讨得厨房主人的好,情况或许就不一样了。

刚结婚时我们家买了对花瓶,放在茶几上,五彩琉璃样的,颀长的颈,漂亮。开始,妻子不忘买束郁金香玫瑰什么的插在瓶里。她常换水、换花。日久生烦,或是忘了,花萎,花谢,瓶颈上也落了层灰。一想,有好些日不换水了,再一想,似乎有好几个月不换花了。有一天,我突然发现她将两只擦净的花瓶移到了厨房的灶台上,里面放上清水,每只花瓶里插两株葱。并不娇惯的葱怕是受宠若惊得很,受得了这样的礼遇,每株叶都圆润隆起、墨绿鲜活，每根须都洁白细嫩！不想这一生只为装点人们滋味生活的葱，青枝绿叶的模样，却是诗意顿生。呵呵，本来嘛，日子不总是玫瑰，更多的是葱。

俗话说，咬得菜根香，百事可做。明代奇人洪应明取其意而作《菜根谭》。我却是钟情于形而下的"菜根"来。下厨之后我并不把菜根丢掉，而是将菜根削平，剥去叶，菜心留着。大白菜根居多，也有高梗白菜根，也有菊花芯菜根。取出小菜碟，根放在里面，着一周如许清水，或是几枚卵石，几片包裹着的叶精神起来，不多日便一叶一叶地舒展开了。浅黄，嫩白，淡青，叶渐大，水渐少，灯下，好看得很。有时我会俯下身来，拿一只筷子，拇指和食指轻捏一端，一路轻敲过去，宫商角徵羽，五音蕴含其中，再一路贴着碟边用筷端忽地斜划过来。这时，你便像是动情时的乐师一样，仿佛面前也不是放着菜根的碟，而是一架演奏着交响乐的钢琴。性定菜根香。这样的时刻，对于那本囊括了中国几千年处世智慧的经典文献《菜根谭》来说，静心沉玩，或许真的能"乃得其旨"呢。

那天回家，我瞧着一盘烟花大惊。平日里我见烟花爆竹就生怯，有响有光，闭眼不说，还用两食指将耳堵得瓷实。妻竟然将那盘捆着雷管似的烟花放在厨房的窗台上！见妻笑，我放松了许多。近瞧，这只是一盘烟花壳，空管里放的是营养土。不多日，每支管里长出了芽来，是蒜，青翠欲滴，满屋生机。做菜时随手掐几片便行，炒饭，放些蒜花，清香有味；做汤，撒层蒜末，青艳好看。蒜叶韭样的一茬茬掐了又长。因着这盘蒜，好像每个日子，都过得有滋有味，且充满生机。

近些日我老是在想，古代文人或许是对于孟子那句话理解得偏差，不下厨房，不深入生活，这也难怪后人很少读到与厨房有关的美食好文，让我等这些饮食男女们遗憾死了。

黑美人

木耳是挺"色"的，虽黑，却是个美人儿，讨喜。

它身轻如翼，说它"骨感"都夸张。一袭黑袍，着一层淡淡的粉底，如此矜持，淑得很，满腹心思，又与谁人说。

色食纷扰，味蕾肆虐，木耳却是有低眉顺目的内敛，也有坐看云起的淡定，这等定力要是没有一定的学养是难以做到的。修炼到这份儿上，你是断不可怀疑木耳是大家闺秀的了。木耳什么样的大寒大冷没经历过，什么样的白毛子风没听过。参天古木，雪域莽原，与参为邻，深藏闺阁，一方水土养一方人，滋养木耳的，是东北那旮旯儿攥一把便能流出汁来的黑土。

所有的坚韧和忍耐仿佛也只是为了等待，像蕾，风拂着它，阳光沐浴着它，守在季节里，等待着灿然绽放。木耳等的是水。泪也罢，雨也罢，有湿漉漉的情思，抑或如潮的幻想，打开心苞，怀春的希冀便悄然地生发开来，这也不免应了那句"女儿是水做的骨肉"的老话来。

绸丝般滑润细腻，玉石般质感高贵，裙裾翩然，依稀有暗红的边，像新潮的女孩发间着了彩，木耳出落得如此动人。

水泡木耳，美人出浴。一如乐起，它哪里还刹得住步子？黑裙翩跹，多了几分张扬，添了些许放浪，投怀送抱，尽兴酣然，却又不失高雅的身份，这等拿捏得恰到好处，非木耳莫属。木耳舞池里"大众情人"的角色讨食客们的青睐便是情理之中的事了。

木耳炒菜的多。木耳炒猪肝、炒腰花、炒肉丝，也有炒鸡丝、炒肉松的，炒青椒、炒土豆丝也行。想想，无论荤素，木耳与诸菜合，似乎炒什么菜都可以放点木耳的，只是炒时要沥干水分，像斩断它所有的情思让它认嫁了事。要不，木耳性烈，哪有从你的意思，没准会从锅里"啪"地跳将出来。

木耳味甘，养阳清热，和血止血，有食疗作用的食物总是讨喜。父亲常做木耳芝麻饮，做法挺简单，他戏称之为"小二黑结婚"，也就是让炒香的黑芝麻和黑木耳放一块儿煎熬，汤出放上白糖便行。父亲发质好，他坚信"小二黑"有专治"须发早白"的功效。

烩菜放木耳当然好，我们家乡有一道"鸡丝烩粉皮"的菜，厨师是不忘放点细碎的木耳的，不只口味好，也好看。"杂烩"也不会少木耳的。色香味，中餐讲究这个，色在前，有谁比木耳更"色"的呢？

凉拌木耳，木耳便是主角了。"拌三鲜"是木耳、金针菇加海米，金针菇和海米自然是配角。凉拌时将木耳焯过沥水，放些蒜泥、麻油、姜末，再加上盐、味精和少许糖，鲜美，滑腻，有嚼劲，满口香。要是放些千张、胡萝卜丝或是辣椒丝一块儿拌，那真是"色"全"色"美了。我在一极好的朋友处吃过这道菜，那味道，咳！纵是有人在嘴上打一巴掌，也不会松口。

那天小城几个文友来家中神侃，一时忘了时辰，抬腕看表我慌了神。近午，没买菜呀。我说"下馆子"，文友不让，有面条就行。哪能呢。打开冰箱，还好，有鸡蛋，肉丝，还有一大包木耳。我让文友先聊着，便打起了这包木耳的主意。鸡蛋炒木耳，木耳炒肉丝，凉拌木耳，虾米肉丝鸡蛋杂烩，再加上木耳肉丝蛋花汤，"四菜一汤"，挺官员、挺廉政、挺标准的。文友惊讶。木耳总算没让我难堪。美人，替我赚足了面子。谢谢噢。

面糊涂

面可塑性好，它是食物中的变形金刚，各地面食多样，若是"面面俱到"都说出来，怕是要下些苦功夫的，也难做到。

只是，面糊涂作为江淮人家的主食，你或许难以理解。

盆里放半碗面，倒少许水，用筷子在盆里按顺时针方向搅拌，直到面成絮状，倒入锅里的沸汤中，汤再沸，面糊涂便成了。

翻滚的面细白如丝，如须，其时，将搅过的蛋花浇在上面，撒些切碎的青菜、蒜花，加之汤里原有的蘑菇、碎木耳，面须白，蒜花绿，木耳黑，蛋花黄，煞是好看。随着缕缕香气溢出，面须生机勃勃。因其汤汁黏稠，像糨糊，我们都叫它"面糊涂"。

现在人都叫它面须，"须"似乎与"龙须面"扯上边。叫面须清爽，不土，也体面。

"持家糊涂少吃饼"，难怪面糊涂会成为"当家"主食，原来是有"说法"的。家里人口再多，拌面须也只消用半碗面。锅里水多放、菜多放，汤里有盐，也省了烧菜的麻烦，毕竟烧菜是费草费油的。做饼掺不了假，饥岁荒年，没有更多的面，天天吃饼，那么浪费，岂不"败家"？

"一吹两道沟，一吸呼呼响"，喝面糊涂的情状叫人难忘。面糊涂稀，能照见人影子。其实，糊涂不糊涂，静下来像水。常常，我对着这碗水扮"鬼相"，把舌头伸出来，能看见腥红舌，眼圆睁，再发出一两声怪叫。天天喝面糊涂，发泄自己的不满。面糊涂内容少，不压饿，我爷爷说，别看一顿饭能喝三碗面糊涂，迈条田埂它就没有了。

有一年，我过生日。我妈在面糊涂里埋了一只水煮蛋。我兴奋异常，在其他的兄妹面前龇牙咧嘴起来，吃相极夸张。看我有鸡蛋吃，我的妹妹和小弟不让了，跟着我攥。我妈见状，举起筷子便打，我小弟没有躲开，筷子打在了手上，我小弟手面立时起了"黄花棱子"。小弟哭。我妈把小弟的手攥在掌里，像是自己的手在疼，跟着流出了泪。时至今日，我仍为自己的无知而感到内疚。

双　臭

食色纷扰，味蕾叫过往的菜品磨钝了，味觉不再，返璞归真的农家菜一度走红，食野、食小也已成风，餐馆还会下些猛药，炮制出这道"双臭"来，去刺激食客的胃口，好像是想让食客的味蕾跟着兴奋起来。

"双臭"就是臭豆腐烧肥肠。

南京的臭豆腐是出了名的臭。吃过臭豆腐，从餐馆出来，一连数日，衣服上的臭豆腐味都散不尽。臭豆腐色相也不占优。豆腐上着一层灰褐色的汁，跟我小时候看到的锅脐灰撒在上面一样。臭豆腐炒芦蒿、油炸臭豆腐却是很讨食客的喜欢。之于美食，无理却很有趣。

肥肠我们也叫大肠。说它肥是因为肠衣上沾有一层猪油。小时候常去看屠夫杀猪。大肠翻洗有技术含量，屠夫用近两米长的捅棒把肠翻过来，把沾有猪油的干净一面翻到里面。有那么多的猪油藏在里面那还不"肥"？把原先装屎的地方露出来，好清洗。屠夫翻过来之后，也就是顺手一抹。其时，臭味四溢。我们会四散跑开。有了这样的所见，大肠我们是不会吃的。虽说屠夫走后我妈又会用盐、面碱反复揉搓，但那股异味你是无论如何也清洗不掉的。

家乡人有句老话，叫"臭鱼好吃，臭肉难闻"。鱼臭了放些盐腌一下，照吃。此句出，振振有词，有理有据。有人专门研发了一道菜，叫"臭鳜鱼"，将鲜鳜鱼腌一下，不晒，待有了臭味的时候再煮食。现如今，此菜不只是安徽的一道名菜，也风行大江南北。肥肠算是肉，有臭味，却也如此受到青睐，有点不合常理。

"双臭"做成小火锅的多。一小明炉，切过块的臭豆腐，软嘟嘟的肥肠，小火慢炖，伴着袅袅的热气，和热气中散发出来的淡淡的臭味，却叫食客们吃得有滋有味。啤酒凉，话题热，兴奋的哪里只是口舌，还有视觉和嗅觉。其实，"双臭"是闻着臭，吃起来极香。它绵软，筋道，过口不忘。

那天去餐馆吃饭，遇有四五个女孩，挺潮的，叽叽喳喳，话题是点什么菜。一女孩看到菜谱上有"双臭"，近呼大叫，还有女孩跟着应和。其中一个女孩不语，她或许是没听明白，或是不知道"双臭"是道什么菜，疑惑。"什么'双臭'呀?"刚一嘀咕，先前点菜近乎大叫的那个女孩脱口而出：

"臭豆腐——还有猪大肠，装屎的——臭死你!"

什么潮女孩，恶俗到家了，哪里只是倒胃口，甚至想吐出来。

我以为那个女孩听了一定会双手捂嘴，做恶心状，继而狠命地"呸、呸、呸"或是把头摇成拨浪鼓。哪知她双手托腮，两眼向上，做出浮想联翩的样子，不紧不慢地来一句：

"我想吃。"

酱　瓜

一连数日重感冒，味蕾也像是遭到了破坏，吃什么都不香。这让爱人做菜犯了难。她一早便问我："今天想吃什么？"哪知我脱口而出，想吃酱瓜。

爱人愣了一下。她似乎明白了，轻轻地"啊"了一声。

说后我有点后悔，到哪儿才能买到酱瓜呢？

爱人忙着熬粥，一会儿，她到超市里买了宝塔菜、什锦菜、嫩生姜等瓶装扬州酱菜。

扬州酱菜本也有名，清乾隆年间，就被列入宫廷早晚御膳小菜，因其鲜、甜、脆、嫩，成了佐餐美味。

爱人有所不知，此酱非彼酱。现在超市里卖的酱菜都是酱油水泡出来的。

小时候，家家做酱。黄豆煮熟发酵，加水加盐，放酱缸里晒酱。借着阳光的影响，酱由赭黄渐变成褐红色。有了这一缸的"当家菜"，农家人的日子仿佛有了依靠，也变得有滋有味起来。碗里剥些毛豆米、萝卜条、切碎的辣椒，或者虾米，在缸里舀半勺酱放碗里。煮饭的时候，碗搁在锅里饭上蒸就行了。饭菜一锅出。这一缸酱，要吃到年底，甚或来年做新酱的时候。

还不待酱成，夏日，晒酱的时候，家里人就打那缸酱的主意了，在酱里自己做酱菜，做酱瓜。酱瓜是一种叫菜瓜的瓜做的。我们也叫菜瓜"骚瓜"。菜瓜结籽多，长势快，嫩时青，熟渐白，老变金。把菜瓜洗尽，切成条状埋在酱缸里，让它自吸酱汁，不出十天，待菜瓜变软变黄，便捞出能吃了。

吃饭的时候，一人碗里一条酱瓜，桌上没有其他的菜了，无须围桌而坐。因此，好些村民都端着碗"溜门子"，串门。扒几口饭，咬一口酱瓜，说话吃饭两不误。要是碗里的酱瓜吃完了，无须折回家去，邻居倒也客气，从院里酱缸里又搛一条酱瓜便是。家家酱缸里都有酱瓜。得闲，讲究的时候，才把酱瓜切碎放碟里。酱瓜晶莹透亮，要是再淋几滴麻油，撒些香菜，那更是香脆可口。

老吃酱瓜终究单调，在大人做酱瓜的时候，我们会悄悄地在酱缸里埋些豇豆、刀豆、青椒等。豇豆有股豆腥味，刀豆皮实耐嚼，辣椒辣里有香。埋得最多的是嫩黄瓜。嫩黄瓜我们叫它"瓜妞"。酱出的"瓜妞"最可口，比现在超市里瓶装的乳黄瓜要鲜嫩得多。这样，一个夏天，我们又有了不一样的味觉享受。

有时，究竟在酱缸里放了多少东西，自己并不记得十分清楚，也多因为缸底深，我们寻它不着。等到过年，或是年后做新酱的时候，妈妈才发现酱缸里的"瓜妞"或者刀豆，这会儿吃到酱瓜，更觉新鲜有味。

大人管束我们，不许我们在酱缸里放东西。瓜刚长，摘了可惜，酱"瓜妞"等于是浪费粮食；更重要的是，他们怕我们所酱之物不干净，糟蹋了酱。俗语有言，"一只苍蝇坏缸酱"。苍蝇是脏东西。其实，哪家的酱缸里没掉过苍蝇呢，哪家的酱缸里没遭苍蝇下过仔呢？只是，所生之物，家里人终究不提那字罢了。村民也都不提那个字，看有细白的东西在酱面上蠕动，用筷子挑出便是，没有人舍得把一缸酱倒了。村民还调侃："是肉芽！是肉芽！"肉是奢侈品，不记恨那物，倒还对美食有了新的幻想。

酱瓜是极好的农家小菜，做酱瓜时表述出村民的豁达和幽默，也使我难忘；爱人她更不会知道，酱瓜所附着的家的味道、家乡的味道，怕是其他人难以体会到的。

天使的眼泪

"为什么我的眼里常含泪水，因为我对这片土地爱得深沉。"如果借用这句诗来说地皮菜，也许形而下了点，或是大题小做，但也似乎有它的合理之处。

单是报报地皮菜的其他名字也有股诗味：地衣、地耳、地软儿、地米菜。写诗的哪个不喜欢这些词呢？"地皮菜"是我们家乡人这么叫，江汉一带说"地皮菜"却是荠菜。

地皮菜恋水。淡绿，微黑，粉嘟嘟的，质感润泽。山间，坡地，一丛杂草，满地砂石，一泓山泉，这是地皮菜的理想栖息地。

雨后，杜鹃鸣，蜻蜓出。村民们拎着竹篮上山去。好多回我不明白，我拾的地皮菜个儿小，也少，村民们拾的个儿大且多。村民笑："一地耳朵，听呀。"

山间，寻着坡地，细听，有山泉响的地方地皮菜才多。果然。一湾清澈的水边，拨开草，一朵朵的地皮菜都在水边爬着，乖得很。这么多呀。

其时，山上的斗篷果也多，山水牛也多。我像童话里那只不安心钓鱼的小猫。篮里原本就少的地皮菜叫太阳晒过之后底都遮不住了。我们有辙，找汪水，将篮放里面泡，刚刚还蔫蔫的地皮菜，一有水便精神起来。我们喜，看到在篮里膨胀开来的地皮菜，摩挲着，抖弄着，一边唱："鲜弄弄，抖弄弄，去家糊弄老公公。"

"老公公"气恼，是因为饥岁荒年，地皮菜也是"当家菜"呢。

地皮菜单炒的多。洗净，大火，放上油盐便可。地皮菜性凉，炒时葱、姜、椒要猛放。要是得闲，将地皮菜在锅里焯一下，沥水捞出，再佐以盐、味精、葱花、蒜泥凉拌，鲜嫩，有嚼劲，能吃出动静，也好吃。这是我小时候见着的父亲下酒菜的"主打菜"。地皮菜做汤就简单了，葱花炸过，放上地皮菜，水开即可，一锅香。

书上说，地皮菜是真菌和藻类的结合体，含有丰富的维生素和磷、锌、钙等多种营养成分。有人搬出《名医别录》里的话，说它"主明目，益气，令人有子"。我觉得现在人矫情。像过去叫人吃得反胃的山芋、豆渣、黑窝头，现在人都跟着起哄叫好，天天吃你试试看？地皮菜食多了"潮心"，难以下咽。

不吃也罢。

那天看电视，大陆首次包机赴台湾旅游的居民，在日月潭边吃饭。店老板客气，免费送上一道菜：天使的眼泪。大陆游客迷惑，上桌一看，是地皮菜。举箸细品：还是那味，是久违了的家乡的味道！

大家相拥而泣。

我查资料，说地皮菜可以休眠几十年，一遇水马上又恢复生机。

一泓泉水，真的等待了几十年了。"天使的眼泪"，等得太久了。地皮菜，却又这般形而上了许多。

海峡两岸，一脉相承，山水相依，让这一道地皮菜道破了天机。

大脚饺子

"老板，上什么主食?"

"想吃什么?"

那天朋友小聚，接过服务员的话茬儿，我把"皮球"又踢了出去，不只是对朋友的尊重，是真的为难不知选什么好。服务员报"米饭、面条、水饺"这些"主食"之后，朋友蔫蔫的没人应。显然，这些主食没有让他们的味蕾兴奋。平常这会儿也多免上主食，好在酒已足，就算是上了米饭、面条，也少有吃的。我看场面尴尬，便又问服务员还有什么其他主食。服务员答，粥，大脚饺子。

"大脚饺子!"

话音刚落，哪知几个朋友异口同声近乎叫了起来。

"初一饺子初二面，初三盒子锅里转"，天津人讲的"盒子"

就是大脚饺子，山东胶东人叫它"哈饼锄板"。

大脚饺子是北方人喜欢的面食。它是饺子的放大版，因其大小形状如脚，我们俗称它"大脚饺子"。除了大之外，它与饺子的烹制方法也不一样，它不用水煮，是在锅里烙熟的。

大脚饺子馅儿多用韭菜，再掺些泡过剁碎的粉丝，加些炒过的鸡蛋，放上虾米，佐以姜末、胡椒粉等配料便成。韭绿、蛋黄、虾红、粉丝白，色彩丰富，馅儿有生机。韭菜是主角，饺子肚子里包了满满的馅儿，形成盒子状，人们也叫它"韭菜盒子"。也有其他馅儿的，素的多，荤的少。我吃过南瓜丝、萝卜丝为主馅儿的大脚饺子，且在馅儿里放少许红辣椒丝，味道又不一样了，也好吃。

一般人吃的大脚饺子都是"死面"包的。我小时候吃过发酵过的"活面"包的大脚饺子。在乡下人朴素的意识里，活面像是粮食被放大了似的，吃活面节约。活面包的大脚饺子一口下去有时咬不到馅儿，它体态丰盈，臃肿，鼓鼓囊囊，像我们小孩冬天里穿着厚厚的棉衣似的。

饺大如脚，手里放不下饺皮。包大脚饺子是把饺皮摊放在桌子上的，然后对折成半月状，将边捏实。心情好，觉得好玩、好看，也有将饺子捏出花边的。更多的时候，我妈是拿只碗，口朝下，一转，将碗口顺着饺子边一圈切过去，切下一条面线，两秒钟，饺子皮也便粘到一块了。这样省时省力，有一大堆的事等着她呢。

烙大脚饺子用平锅好。饺子两面烙。原本平塌塌的大脚饺子，馅儿在里面有了反应，受热膨胀，一会儿的工夫，便变得丰满圆润，白里泛黄。

前些日到厦门，从鼓浪屿游玩出来，女儿领着我们在中山路闲逛，晚上在路边的一家餐馆吃饭。女儿大学毕业安家在厦门。她点的沙茶面虽说有营养，觉得新奇，只是它也像闽南话一样，叽哩咕噜，没有一句听明白的。沙茶面我是"吃"不懂，都不知里面放的是些什么配料。倒是这里的大脚饺子合我口味，见了它，有一种他乡遇故知的亲切。当然，厦门人叫它"韭菜盒子"。再一打听，"韭菜盒子"是厦门人、台湾人的传统名点，早负盛名。看样，大脚饺子不只是北方人的美食，也深得南方人的喜爱。

活珠子

昨天上网，看到一家网站举办江苏"怪菜"评比活动。网友推介，网友评比。参评菜品不走常规路线，以"怪"为准，突出地方特色。参评的一千多种菜品中，"活珠子"拔得头筹，成了江苏"第一怪"。

活珠子从外表看就是鸡蛋，放在灯光上照才能发现它与普通鸡蛋有异——里面有正在发育的小鸡。因其灯下蠕动的生命胎体，犹如孕育的珍珠，故名"活珠子"。

活珠子吃法很容易，水煮，别无他法，与煮鸡蛋没有两样。煮好的活珠子要配以蘸料。蘸料多是糊盐。将盐在锅里炒，炒出香味，变成赭红色糊状即成糊盐了。糊盐放在小盏子里与活珠子一同端上桌，且摆放在一块。有的食客喜欢用醋做蘸料。

食客喜好，做法简单，活珠子是各个饭店的必备菜。虽说菜单上有菜名，但是，你到任何一家饭店看，没有一家备有活珠子的。当地人都知道，活珠子都在炕坊里，只消一个电话，不出十分钟，炕坊便送货上门。因其食客喜欢吃活珠子，当地有好些炕坊都改行专做"育珠"的生意，不再孵化家禽。

鲜嫩是活珠子最大的特色。剥开蛋壳，香气便扑鼻而来，壳里的"羊水"尤其鲜美，没有人舍得把汤汁倒掉。剥开的活珠子有三块，蛋白、蛋黄和胎体。蛋白硬实，蛋黄绵软，胎体嫩滑。喝过汤汁，再将这三块蘸上糊盐或醋，一一消受。有的食客嫌蛋白太硬，口感不好，不喜欢吃，便将蛋白和蛋壳一块扔掉。

"二十一天不出——坏蛋"，这一歇后语告诉了我们小鸡的孵化时间。多数食客喜欢吃嫩，也算文气，吃已孵化十五天或者十六天的活珠子。这时的活珠子里的胎体只是一团发黑的肉。面对这一团黑肉，好些第一次吃活珠子的人并不敢下口，只是禁不住一旁老食客不断怂恿，便闭着眼睛囫囵吞枣样地练起胆了。少数食客口味重，喜欢挑战，吃孵化十八天甚至十九天的活珠子。这时的活珠子胎体已完全成型，小鸡的模样具现，胎体上结满了绒毛。"光光吃肉毛朝里"，吃时还念念有词，小鸡身上毛虽朝外，但在食客的眼里却是"毛朝里"的，视而不见，不当回事，仿佛鸡毛和沾有血腥的鸡骨鸡肉都能吃出香味。哪里只是菜怪，是食客的口味怪。

活珠子因小鸡成型，一身毛了，也叫它"毛蛋"。少数人喜欢将煮过的毛蛋进行二次加工，将"小鸡"放葱、姜、料酒等作料重新炒。毛蛋味道鲜美，香嫩可口。只是品相不好看，一只只毛茸茸的小鸡，一般人接受不了，看着难以下咽。

在没有大规模孵化炕坊之前，小鸡靠家家户户自己家用鸡抱窝孵化。记得我奶奶会"照鸡蛋"，她用手电筒能检查出正在孵化的鸡蛋里是否有胎体。没有胎体的鸡蛋叫"旺蛋"。发现早的旺蛋村民们舍不得扔掉，虽说蛋黄已散，但也可用它炒韭菜或炒辣椒当菜吃的。要是有的小鸡胎死壳中，也多半扔了，少有人吃。

我不吃活珠子，不是因为其营养和口味不好，是过不了心理那一关，不敢吃。当下，好些食客们追求食物的鲜嫩，食雏、食小成风，进而打起了小鸡们胎体的主意，暴露的食客残忍心理，莫不又是一"怪"？

千面豆浆

豆浆机的出现为制作豆浆提供了便利。好些豆、麦等杂粮也钻进了黄豆的队伍，在豆的旗号下，随了"豆"姓，且"贴牌豆浆"品种众多，说它"千面豆浆"也不为过。

豆浆营养可口，价廉物美，有食界"软黄金"之称，是中国人餐桌上的传统美食，一饮千年。据说豆浆的发明人是汉代淮南王刘安。他母亲生病，刘安是个孝子，天天做豆浆给他母亲喝，不久，母病消，豆浆的美名传了下来。后来人们在《本草纲目》中找到了豆浆食疗的答案，说豆浆"利水下气，制诸风热，解诸毒"。

泡好的黄豆、绿豆磨出的豆浆，加些蜂蜜，不只能滋润五肠，还能补气益血。加上黑豆、青豆、豌豆，磨出来的豆浆色汁泛青，有一缕缕褐色，掺些花生米，口感滑腻，绵软味醇，对"三高"患者有益。要是加上红枣、枸杞，磨出的豆浆还有安神作用。

平民百姓并不在意豆浆的食疗作用，美食的第一要义是好吃。豆浆表现很好，色香味占尽。豆浆乳白色，不浓不稀，显示出些许的贵族气，西方人称它是"植物奶"。豆浆爽口，有回香，北方人爱喝，南方人也爱喝，配上烧饼、油条，或是馒头什么的，是上好的早餐。

孔子有言，"食不厌精，脍不厌细"。现如今，粗粮也讨喜，"食粗"却成了时尚。磨过豆浆的残渣没人舍得倒掉，跟豆浆一块儿煮。我还在豆里加过大米、芝麻、胡萝卜、香肠、豇豆、蚕豆等食材一块儿磨。豆渣们的存在，使得口腔发挥了咀嚼的功用，粗粝的豆渣从喉尖划过，也能让人找到吞咽感。

家人喜欢喝豆浆。我家的第一台"豆浆机"是一盘石磨。磨盘比碟子大不了多少。下爿磨固定在爿底上，上爿磨除了有放黄豆的磨眼外，还有一个拐磨的把儿。下有带凹槽的爿底，底部有一寸许宽的磨嘴，那是流豆浆的地方。磨豆浆的磨叫独盘磨。锡剧《双推磨》里磨豆浆是双盘磨，它要两个人操作。"推呀拉又转又转，磨儿转得圆又圆，上爿好像龙吞珠，下爿好像白卷浪"。男女搭配，一拉一拗，想不到磨豆浆演绎了苏小娥和何宜度的爱情故事。独盘磨一人操作，寂寞是一定的，虽说不甚费力，却也要放豆、洗磨什么的，很烦。是豆浆机革了独盘磨的命。

早起，豆之外，加上你想要的其他杂粮，加水，手指一按，音乐声中，豆浆机便开始工作了。在磨豆浆的工夫，你可以梳洗，看早新闻，看早报，不出二十分钟，豆浆机在设定好的程序里完成了任务，发出"嘀、嘀、嘀"清脆轻微的细响。声不大，有低眉顺目的内敛，有温柔嗲声的轻唤。一天的美好时光，仿佛从一杯豆浆开始了。

"两轮日月磨兴废，一合乾坤夹是非"，从海南遇赦回归，看到磨豆浆的苏东坡一下子有了感慨，"浔桂江流好放棹，鸳鸯秀水世无双"，等他喝过豆浆，又心情大悦，见景生情，被贬之事，仿佛已烟消云散。

生活本如此。一杯杯"千面豆浆"里，注定你拥有了一个个平凡而美好的日子。

大丰收

世界各地吃饭工具归纳起来主要有刀叉、筷子和手。中餐用筷子。可也不尽然，比如吃"大丰收"的时候就用手。大丰收是煮熟的田间食物大拼盘。

听我妈说，我小时候用筷子让她费了神。大概我是始终拿不好筷子的。其实孩子小的时候用筷子也有不好的地方，比如不安全。好长一段时间我吃饭都是用手，我妈笑说我用的是"两双半"。

我始终觉得餐具对于饮食有点"隔"。饮食的要义之一就是各种感觉器官对于美食充分享受。要不，还用嘴干吗，一步到"胃"要省多少事。我在电视上看过一个人得了食管癌，食管切除了，每天吃饭就是自己用针往胃里输营养液。边上有人吃饭他就把脸背过去，他说这是他最痛苦的时候。很难想象，没有味觉的食物对人是多么残忍。谁不承认手也是有感觉的器官呢？

我到餐馆一定是要点一道"大丰收"的。其中主要原因之一就是这道菜也用手在享用。在我们那儿，"大丰收"草根得很：成段的玉米棒、花生、芋头、山芋、胡萝卜，这些都是能下得了手的。

玉米棒上的粒将熟未熟，绵软，有嚼劲。我小时候喜欢把玉米棒放火上烧，那样有香味，只是吃过了满嘴乌黑。这等好吃的玉米棒我们一时是舍不得把粒吃完的。我用手剥，一粒一粒地享用，有时，我还会把一粒玉米抛起，仰面用小嘴去接。我是隔一行剥一行，大稀牙样的玉米粒缀在棒上。我们双手握住玉米棒的两端，咧开嘴，在牙上蹭，我们唤它"牙琴"。一边蹭，一边哼着歌，仿佛"牙琴"真的能发出声音一样。玉米棒的香味难敌，一使劲，"牙"便松动了，落入了嘴里，不多会儿，这一行行的"琴键"便如数落入口中了，一粒不剩。

花生如豆，吃它挺休闲的。剥壳、去皮的当儿不误你说笑，也不误你喝酒。花生是过去乡下人喝"柜台酒"的主食，像鲁迅笔下孔乙己的茴香豆。芋头、山芋只是两三只，有时不好意思下手，你拿了那别人呢？花生抓一把还有。花生是"大丰收"的主角。玉米黄，花生白，胡萝卜红，山芋紫，堆在如笋的藤盘里，一派丰收景象。话题多是乡间野趣，席间感慨岁月的流逝，这道菜让朋友间多了好些说道和不少回忆，平生出了好些情趣。一道菜让人有这么多的情感牵挂，难怪大丰收这么讨食客们的喜欢。

"大丰收"因其绿色和原生态很是走红，也因其兼容性极好，让各地的"大丰收"钻了空子。那天我看一朋友博客。她是做菜的好手，把自做的"大丰收"晒在博客上。其主料是玉米、四季豆、土豆还有排骨，最后还添加了笋和香菇，甚至还加了火腿和鸡块。河北野山坡的"大丰收"用的倒是地道时令菜，简单得很：青椒、红萝卜和大白菜，跟黑龙江特色小吃"大丰收"一样是蘸酱吃的。所不同的是黑龙江的"大丰收"是凉拌的，还有野菜婆婆丁、小葱、小蒜什么的，再加些干豆腐，做出米与西餐的蔬菜色拉好有一比。绿黄褐白，汁足味美，这样的"大丰收"也讨喜。不过，有些地方只是冠了"大丰收"的菜名，是"山寨"货。那天我在一家叫"美食库"的网站转悠，一道"金钩大丰收"的菜吸引了我，一点击，其原料是猪舌、牛肉、鸡腿、虾肉，"丰收"倒是有了，却是少了田园的野味。

鸡刨豆

前天回家，看妈妈坐在院里拣黄豆。妈妈把匾搁在腿上，从匾里把豆里的砂或是叫碌碡碾坏了的豆拣出来。随着妈妈用手不断地划拉，圆润饱满的豆顺着匾的斜面滚下来，嘻嘻哈哈的，像在笑。妈妈抬头见我，扶了扶老花镜，一脸兴奋的样子，像是叫豆逗乐的："乡下你四姨娘送来的，说留给我们做鸡刨豆的呢。正好。正好。现在好多人都不吃鸡刨豆喽。"妈妈嘀咕。

"啧——"我妈张开豁牙的嘴，一仰脸，真的笑出声来。

往年，鸡刨豆算是过年的"大菜"，好吃，难怪我妈像是流了口水。

望文生义，鸡刨豆有鸡，有豆。鸡是公鸡，豆是黄豆。没有人家会舍得用母鸡做鸡刨豆的，母鸡要下蛋呢。那年月，吃母鸡在乡下是大忌，有点像饥春吃稻种，或是卖田抽大烟，都是不学好的主。黄豆不金贵，年关最奢侈的就是做成豆腐或是千张，再想想就是煮黄豆，能留点放土瓮里的，那要到来年开春时做酱才用。能扯上鸡似乎是豆的福分，算是高攀，这也便沾着鲜附着"凤"了，身价倍增。豆得宠得多，鸡刨豆成了年关讨喜的菜。

一般人家做鸡刨豆用一只公鸡，人口多的就用两只公鸡。将鸡剁成碎块，放锅里猛炒，水分渐干，放上葱、姜、椒等作料再炒，香味出，放上水，烧开，将泡过的黄豆放鸡里煮。不出一小时，鸡刨豆便煮好了。这是道过年的大菜。说它大，因为这道菜不是一顿能吃得了的，也没人家一顿能吃得了，或者说一顿你根本就吃不了。也因为这的确是一道大菜，盛这道菜的不是碗，也不是碟，是盆，那种带釉的黄盆。何故？豆多呗。鸡刨豆，虽说是鸡打了头条，可豆才是主角。鸡其实就是"名誉顾问"。纵是这样，这道菜还算是鸡。过年了，"鸡、鱼、肉、蛋"这四道大菜都有了才好。天天吃鸡，鸡刨豆算是给村民挣足了面子。

"鸡翅呢?"

"飞了。"

"鸡腿呢?"

"刨豆去了。"

吃饭时我妈舀一碗鸡刨豆上桌。她常这样逗我，我也自恃聪明挺机智挺幽默地回我妈的问话。她知道我也一天天地从鸡翅到鸡爪将鸡块们蚕食干净。

现在想想，我们那会儿对豆也不尽公允。因为黄豆也是极有营养的食物。黄豆性味甘平，含大量的蛋白质，不论其量和质都可以与动物蛋白比美，有"植物肉"和"绿色乳牛"之誉，其脂肪含胆固醇少。李时珍说它"活血，解诸毒"，《延年秘录》说它可令人"长肌肤，益颜色，填骨髓，加气力，补虚食"。这样说来，豆也没什么自卑的了。只是让人觉得，鸡刨豆这道菜，却叫鸡占了上风。

平日里，我妈常想着做一盆鸡刨豆吃，只是豆要烂得多，她牙不好。我妈只说豆好，没说多少鸡的好话。说豆含钙和磷多，对老年人神经衰弱大有好处。我父亲老说头昏，记忆力不好。我妈说这是典型的神经衰弱症状，要多吃鸡刨豆。

想不到的是，这一道鸡刨豆，不只见证着生活的变迁，还饱含着浓浓的温情。

鸡蛋鳖子

"当家鸡蛋持家韭。"韭菜是"持家菜",宿根,割一茬叫一"刀",一年能割十多刀。一刀割不了一行,天天有韭。村民有了这畦韭菜心里踏实了许多,人们说它是"持家菜"是有道理的。"鸡、鱼、肉、蛋",鸡蛋金贵,是大菜、荤菜,说鸡蛋是"当家菜"倒也妥帖。如今,谁家的冰箱里不备有几十只鸡蛋呢。鸡蛋亦菜亦食,煎、煮、炖、炒都行。在与鸡蛋有关的菜品中,鸡蛋鳖子叫我难忘。

苏北人说话少儿化音,用后缀助词"子"异常得多。叫人的小名或是物名后面多加一"子"字。"鸡蛋鳖子"就是"鸡蛋鳖",鳖是甲鱼。

做鸡蛋鳖子很简单。鸡蛋在锅台上一磕,双手拢住两端,两个拇指顺磕开的缝掰开蛋壳,贴着水面,蛋清蛋黄"噗"地整个打入沸水中。少倾，蛋渐熟。蛋黄在中间隆起，蛋白晶莹透亮，鸡蛋鳖子整个样子像是趴在水中的甲鱼。四周蛋白酷似甲鱼的壳边裙摆，在沸水中翕动。

鸡蛋鳖子是荷包蛋的翻版。不同之处在于一个油煎，一个水煮；一个外形比荷，一个外形像鳖；一个名字雅致文气，一个名字形象通俗。

虽说听着土气，鸡蛋鳖子却是乡间一道很有敬意的美食。

妇女坐月子，鸡蛋鳖子里放些红糖、胡椒，也有在鸡蛋鳖子里下些挂面或泡把馓子的，那是不错的主食。老人生病、咳嗽，家人会想着打两个鸡蛋鳖子端上，孝敬之情顿生。有客上门，不论是亲戚还是朋友，又让家人敬重，哪怕近晌或傍晚，家人都会执意先做两只鸡蛋鳖子。碗里放少许白糖，端给客人吃，"打个尖"。对于客人，那是极庄重的礼遇。敬人茶为重。近晌的鸡蛋鳖子叫"早茶"，傍晚做的鸡蛋鳖子叫"晚茶"。鸡蛋鳖子是乡间"早茶"和"晚茶"的主食。也有炒米加油盐煮成饭做"红米茶"当早茶或晚茶的，那要费些工夫的。鸡蛋鳖子虽说做法简单，倒一点不失面子，又尽了礼数。

甜如蜜，润如玉，汤清澈，质绵软，吃一口鸡蛋，喝一口汤，滋味乡村，让鸡蛋鳖子调制得情意浓浓。

"一碗馄饨——加一个鸡蛋鳖子！"

"溏心——七成熟！"

那天到"小菜香"吃早餐，听到食客对服务员的喊话。

"小菜香"是社区路口的一个小饭店，早餐生意好，市民早上来这里吃馄饨的多。下馄饨的锅旁还有一锅，走近一看，一锅"鳖"！个个腆着个肚子，裙摆上下游动。这是一只专门做鸡蛋鳖子的锅。服务员会依着食客的口味，做出七成熟、八成熟的鸡蛋鳖子。十成熟的鸡蛋鳖子的蛋黄干，噎人，口感不好。六七成熟的带溏心的鸡蛋鳖子绵软可口，香气浓郁，讨食客的喜。一口卜去，流出的蛋黄像是浓郁的汁，吃它鲜嫩爽滑。我只是觉得，这一锅鸡蛋鳖子，服务员能分辨出哪只七成熟，哪只八成熟？真佩服服务员的好眼力。食客喜欢在馄饨碗里加一只或是两鸡蛋鳖子，也有的人只吃鸡蛋鳖子。我在揣摩，鸡蛋鳖子之所以还受他们青睐，怕是它所寄托的亲情、友情和乡情，让他们仍有回味。

大凉拌

　　大凉拌的"大"义在于分量多、盛装大凉拌的盘子大，也在于它所含食材的丰富。

　　夏渐深，各式新鲜菜蔬悉数登场，食材猛增。黄瓜嫩，芹菜香，菠菜绿得诱人，萝卜白得可爱，姜黄椒红豆腐嫩，蒜白葱绿蘑菇鲜。天天提篮小买，注定是一件让"煮妇"们头疼的事。多有不舍，却又难以选择。时令日短，有些菜蔬不多日便退市，天天吃它也够。围着菜摊打转，吃什么，买什么，成了一个问题。

　　大凉拌解了围。

　　喜欢吃的菜就买点。三样五样可以，七样八样也行，回去做成一道菜：大凉拌。大凉拌似乎不靠谱，没有定数，天南地北、"海陆空"各式菜蔬，兼容性好，大度。菜品跟着节令走，四时不同，大凉拌有异。

　　大凉拌好看，新鲜，素。新鲜和素关乎它的质量，不仅符合孔子"不时不食"的美食理论，也契合素食主义者的审美趋向。民间有言，"吃菜要吃素，当官要当副"。"当官要当副"有悖"不想当将军的士兵不是好士兵"之常理，怕是违心之言。吃素渐成时尚，那倒是真的。

　　自小，我妈就"我夸"是"好吃精"，有贬义，其实是损我骂我。爱人接着"夸我"是"吃货"，"就知道吃了"，也没好意。她们以为，好像整天只是琢磨吃的人是没有出息的。我却一点也不生气。她们的理论显然站不住脚。年岁渐长，我有两好，一是喜欢琢磨文字，二是喜欢琢磨菜。不相干的文字经过构思结合在一块，能成文，不相关的食材经过烹饪能成菜。大凉拌接地气，注定是一篇好文章。文食相通，素材和食材没什么两样。

　　天渐热，我喜欢喝啤酒，每天用大凉拌佐餐下酒是不错的选择。

　　芹菜、菠菜、苋菜、蘑菇、金针菇、千张、粉皮、木耳、海带丝、胡萝卜丝等是做大凉拌的常用食材。鸡蛋摊成皮切成丝。所有的菜蔬汆沸水烫熟，时间不能长，不能让它们失去新鲜的色汁，再一一切碎。把鲜活去须的小米虾也入水烫熟。千张和粉皮也可以切成"斜四块"，菱形。海带丝和木耳也要入水烫熟。放入糖、盐、麻油，滴些生抽和醋。大凉拌要"拌"，让这些作料充分入味。鸡蛋黄，丁张白，菜蔬绿，木耳黑，胡萝卜红，海带褐，金针菇白，透着麻油的晶亮，随香味四散开来，让人的视觉、嗅觉、味觉兴奋不已。

　　那天和几个文友到"小菜香"小酌，刚一坐定，服务员便端上来一大盘大凉拌。盘子挺夸张的，像盆。

"有人点它?"

席间，有一外地文友疑惑我们没有点这道菜的呀。这倒让服务员为难了，疑惑更甚。她只是站着，看着我发愣。

"点的啦，"我出来拉弯子，"喝酒，大凉拌好。"

"就是，头道菜。"服务员小声嘀咕着离去。

大凉拌有喝酒"头道菜"之称，人人喜欢。在服务员看来，大凉拌是"小菜香"的招牌菜，来迟了还没有呢。其实，也真少有点它的，凉菜饭店自配，多是小碟，自己做主。大凉拌盘子大，只因菜品好，没人有异议，上了也就认了，哪知今天碰到有较真的呢。酒过三巡，大凉拌已底朝天了。哪知，我那文友转身向服务员嘀咕:"还有大凉拌吗?"服务员站在那里没动。"什么人呀!"这回，倒是她心生疑惑了。

神仙汤

周末，和爱人一道到父母家去。我们的突然造访，让妈妈有点措手不及。她一个劲儿地埋怨为什么不早打电话来家，也好多备些菜。

我们跟父母住得不远。我们每次回家妈妈都会做好些菜的。虽说父母忙得极欢喜，我们觉着他们太累，再说也吃不了多少，所以，后来我们再回家就不预先打电话了。

母亲还在嘀咕，说父亲早上买菜不该买这么少的。父亲解围了："自家孩子，又不是外人。我血压高，不吃什么的，有碗'神仙汤'就行了。"父亲乐呵呵地问母亲有蒜叶没有。

我没听说过高血压不能吃菜的，我知道父亲担心菜不够，是舍不得吃。

爱人没听说过"神仙汤"，以为是什么好吃的呢。我也先是一愣，后来我记起来了，便笑。

"神仙汤"是父亲的一道拿手菜。桌上并没有其他菜，也只好以汤当菜。父亲下放那年，家里穷。能充饥最多的是"噎死狗"，也就是山芋。山芋淀粉多，吃在喉咙里不上不下的，噎人。村民们就给山芋起了这名。村民们的幽默简单而直接，当然也有自嘲的意思，甚或到了自虐的地步。"大红袍""绿宝石"这些名字听着多美，其实呢，也是山芋。"大红袍"是红心山芋，"绿宝石"是青皮山芋，就像我们现在听到的"云娜""美莎"的名字，细一打听，是台风，讨厌死了。当然，山芋也并不都是简单地煮着吃的，讲究点的，会切成方块，放碗里，搁在饭上蒸。好了之后，在碗里浇些佐料，香，好看，村民说这叫"素肉"。更多的时候山芋只是煮着吃的，拿在手里，干噎。噎不下去时，村民们会随手拿水瓢舀冷水喝。父亲说喝生水不卫生，就想着给家人做"神仙汤"了。

"神仙汤"实在没什么内容，也就是酱油汤。把酱油放在碗里，用开水一冲即可。得闲，父亲会在"神仙汤"里放些味精、醋、切碎的蒜叶、芫荽。要是再奢侈点，滴些麻油就更妙。蒜叶在暗红色的汤汁上煞是青艳，芫荽伸展着渐次没入汤中，麻油一放，满屋的香。父亲不急着喝，看一眼，他像是要尽情享受一番才是。双手捧碗，摩挲把玩，吹口气，"滋——"一口，喝得夸张得狠，响。其实，他并没喝多少，桌四周有几双眼睛望着呢。一口下肚，父亲摇摇头，惬意着呢。轻啜慢品，齿颊生津，这么清苦的日子，仿佛也叫他过得有滋有味。饭毕，稍息，父亲便会扛把锄头："临行喝妈一碗酒，浑身是胆，雄赳赳……"

唱着当年挺时尚的歌，锄田去了。

"神仙幽隐，与世异流"，后来我读晋代《神仙传》，得知书中所述神仙的确都是"异流"。父亲不是"异流"，他下放"幽隐"在偏远的山乡也是无可奈何的事情。但父亲却快乐着，这样的快乐也感染着我们一家人，日子和和睦睦的，生活虽说艰辛异常，每一天，却都如父亲喝汤状过得淡然无忧。

"神仙汤"是名菜我有点半信半疑。后来我跟好些"吃货"们交流，也还真有唤作"神仙汤"的，不过做法不一样。粤菜中的"神仙汤"用的是胡椒粉、糖、料酒、花椒面、辣椒等加水烧的，川菜中的"神仙汤"只是用武昌鱼刺加开水冲的，这种汤据说武昌一带老百姓现在也还经常食用。

想想不一样啊，"神仙汤"哪里是什么"名菜"。

渐悟，简单快乐的生活是"神仙"，乐观豁达和天伦之爱也是"神仙"，苦中求乐、积极向上的生活态度胜似"神仙"。

翠　衣

药食同源，好些药材也是很好的食材。比如"翠衣"。翠衣是中医所指西瓜、冬瓜等的表皮外部有蜡质的青皮层。

夏季，天热，翠衣消暑解渴，清热除烦，成了好些家庭的时令私房菜。

中午吃饭，爱人指着一盘菜蔬炒青椒叫我尝尝。"好吃。"爱人依旧望着我，显然我的回答没有让她满意。我又回味一番，"真好吃。"爱人还是望着我。"什么菜呀？"爱人不依不饶。我依旧回味，尽管眼睛眨呀眨的，菜在嘴里反复咂吧，可就是吃不懂。其味似曾相识。

"是什么菜？"

"西瓜青！"

咳！炒西瓜皮呀。

西瓜皮也可以炒肉丝。有人想象大胆,西瓜皮炒排骨,只是排骨要事先煮好。我还吃过凉拌西瓜青的。用刨子将西瓜皮含蜡质的青皮层刨去,将西瓜青刨成丝,佐以蒜泥、醋、生抽、麻油,白嫩好看,吃着汁多爽口。只是青皮已去,何翠之有?

冬瓜皮要的就是外面的那一层青。冬瓜皮硬,像一层壳,口感不好。往往这一层青都是当作"菜下水"扔掉的,可惜了。炒的冬瓜皮要嫩,选皮要青,且切片要厚,多沾瓜肉,切丝要细。沾有粉状的冬瓜皮就老了,自然也就不适合炒吃了。炒冬瓜皮要点就是刀功要好,瓜皮薄如纸,细如丝,且配些相搭相融的胡萝卜丝、青椒丝、芹菜丝、姜丝,色彩的丰富和质感的和谐弥补了口感的欠缺。

冬瓜野,有的能长五六十斤重。夏长,秋也长,至冬天,等瓜叶落尽,粉嘟嘟的冬瓜仍在野地里躺着。瓜菜半年粮。冬瓜可以单独做菜,大块,生抽提味,老抽着色,像是红烧肉,冬天用它和煮过的黄豆下酱豆,酱豆能吃上半年。要是得闲,也可以用冬瓜包饺子吃。饥岁荒年,也有难敌诱惑的,偷冬瓜实在是无奈的选择。在乡间,人们偷过冬瓜之后,会在冬瓜的坑里放二分钱的硬币,算是买的。良心账,买个心安。如此纠结,哪有人舍得冬瓜皮嫩时摘它炒皮吃的呢。若如此,非骂你是糟蹋粮食的"败家子"不可。

吃南瓜皮不会有那么多的情感纠结了。想吃就吃。南瓜结子多,长得快,青皮炒它吃时与老了的南瓜大小相差不了多少。刨子连皮刨成丝,炒它与炒冬瓜皮做法差不多。炒出的南瓜皮的口感比冬瓜皮要好。瓜黄,皮青,葱绿,蒜白,有生机,好看。也有人用南瓜丝卷饼的，配上姜、葱、辣椒、胡椒粉、味精，味道极好。我还吃过南瓜丝饺子的。如今，菜农摸透了食客的心理，南瓜嫩时都摘了它，并不单卖，刨成丝，专卖带皮的南瓜丝。当然，南瓜老了也好吃，用它煮粥，煲汤，或干脆蒸着吃都好。老南瓜绵软可口，香甜润滑，积淀了阳光和风雨，味更老道。这会儿，只有在回味之中，才能品尝到翠衣的影子。一如人们在经年岁月之后，往往会去回忆自己青涩的过往。

秃头饼

那天和几个文友到"小菜香"吃饭，主食是粥，稍后，服务员又端上来一盘黄澄澄的锅状的饼。饼刚出锅，靠近，有灼人的热气，遇着冷气，还能听到细细的碎响。有文友根本就没见过这叫什么饼，便盯着服务员不放，显然是在求助服务员报菜名。服务员倒也善解人意："干烘饼，好吃。"服务员笑眯眯的，有秘而不宣的神秘。

"秃头饼呀！"老于迫不及待地将靠近自己面前的"锅"用手掰下一块，一边嚼着一边说。老于自小在乡下长大。

干烘饼是玉米面做的，也叫"干烘"，乡民们却多叫它"秃头饼"。饼摊放在锅内厚薄不一，受热程度也不一样。出锅时，薄的地方干且白，厚的地方有湿意，粗粝的玉米面凹凸不平，像积聚着一层厚厚的屑，其形又是一个脑壳状，干一块，湿一块，似斑秃，才起了这么一个不雅的名字。还好，"秃头饼"没有人想得那样龌龊，也好吃，倒是觉得村民们直白得可爱。

尝新对乡下人来说是一件快事。新麦面出来了，主妇们会忙着擀一桌面条，孩子们便兴奋地把蒜臼捣个"笃、笃、笃"地响；新米出来了，乡民们想着在锅里多放一瓢水，再煮几只咸鸭蛋，让一家人吃个够；玉米熟了，哪里还等得及用脱粒机脱粒，一家人会在月下乘凉时围着一只笆斗或是一只篾筛把玉米粒剥了，磨出面就想着做秃头饼了。一茬风一茬雨，一身汗一身泥，与其说乡民们是在品尝新粮食纯美的香味，不如说是在享受自己一季劳作收获后的喜悦。

做秃头饼面和得要干。舀出来的面放在面盆里。瓢里的水是不能向盆里倒的，这样容易失手。左手拿双筷子，右手指蘸着水不停地一点一点向盆里洒，直到玉米面成颗粒状，村民们说它像"老鼠粪"。然后就用河蚌壳把和好的面均匀地舀在烧热的锅里，用蚌壳沿把面贴着锅压紧。蚌壳是乡民们下河采着大蚌时留下的，去肉留壳晒干，舀水舀面什么的都行。蚌壳上一丝丝的痕迹像一波波的水浪。这"压"是有讲究的，力道要有拿捏。压松了，做出来的饼容易散，不成块；压紧了，则不透气儿，做出来的饼铁板一块，口感不松软，也不脆。烧锅不能火大，得用麦秸红茅等"软草"才行，小把小把地向灶膛里丢小火。贴着锅沿，能听到"叭叭叭"声——玉米面在锅面细细碎响。要是在把面放锅里之前把淘好的芝麻撒在锅里，待听到"炸芝麻"的时候，再在锅里放勺荤油，那做出来的秃头饼才叫香美！揭开锅，满锅的水汽迅即散开，秃头饼的清香味扑鼻而来。

想起小时候吃秃头饼时的情景。奶奶做出来的秃头饼放在桌上的碟子里，得等下地劳动的大人们回来才一块儿吃。在这难熬的等待中，我们小孩子就围着桌子转。眼睛盯着碟子，嘴里咽着口水。饭后，我们也没有离开桌子，眼睛贴在桌面上，去寻掰饼时落下的芝麻粒儿：食指高高地翘起，一点一点地把一粒粒晶莹润泽的芝麻粒儿送入口中。有时，还用指甲把芝麻摁响，摁出一丁点的芝麻油，再把沾油的手指放入口中啜吮，香味难敌。童年，都有一张馋馋的小嘴。

平地一声雷

"服务员，上响菜。"

"平地一声雷！"

周末，和朋友在"农家乐"小聚，朋友吩咐服务员上菜。我正疑惑什么是"响菜"呢，朋友的一声"平地一声雷"真的像打雷，吓我一跳。朋友是直性子，嗓门大。

"平地一声雷"其实就是锅巴。刚炸好的锅巴端上桌，热汤一浇，会"噗"地发出一声响，继而腾起一小团"蘑菇云"样的雾气，犹如平地里的一声惊雷。

"农家乐"饭店距城里有二十多公里。这道响菜，是朋友一天前就电话预订了的。做"平地一声雷"的锅巴用烧柴草的灶子锅。饭店一天做一锅饭，只有一锅锅巴，也就是说，一天里也只能做出一道"响菜"了，不预订哪有呢？

做"响菜"的锅巴要糙米，烧锅用松枝最好。松枝有淡淡的松香味，做出来的米饭会有一股香气。浇在锅巴上的汤要鲜美，当地人把这汤叫"浇头"。浇头里常用的有淡水虾仁、木耳、蘑菇、鸡丝、肉丝、切成薄片的涨过的鸡蛋糕。

"云"散，趁热卜箸。这会儿，锅巴外酥里脆，令人齿颊生香。过一会儿锅巴就"皮条"了，发软，没有嚼劲，其香味也打了折扣。整盘锅巴像一只锅，筷子一时撩不动，有性急的，干脆下手，用手掰。热锅巴，热汤，手遭罪了，掰下的一块锅巴从左手迅即传到右手，又从右手迅即传到左手，真正成了烫手山芋，不，是烫手锅巴，嘴里还不停地呵气，好像烫着的不是手，而是嘴巴，惹人讥笑。俗语说，性急吃不了热豆腐，看样子，性急也吃不了"一声雷"。

看到了"一声雷"如此讨食客的喜欢，有人打起了锅巴的主意，专事做锅巴。用煮好的米饭摊成饼状，放在油锅里炸。终究是冒牌货，这样的锅巴口感不好，香味也不足。

也有人单单就是冲着"农家乐"的锅巴去的，并不要它"响"，把锅巴当成极好的闲食。一边嚼着锅巴，一边品着家乡的味道，倒也有趣。

早年，锅巴是少有人当它是休闲食品的。它涨性好，一块锅巴半碗饭，舍不得吃。这让我想起了一件令人醉心的往事。

我妈说我是"馋猫鼻子尖"。那天，我分明闻着哪里有锅巴香味了的，我便四下瞄。家堂上，没有。竹筛里，没有。笆斗上，没有。土瓮里，没有。大匾里，没有。香味缭绕，是锅巴的香味。我终于在家堂边的抽屉里找到了那半块锅巴！我妈盛饭回来的时候，我妹妹正在追打我。我哪里肯给她呢。"这是我找到的。"我振振有词。看到眼前的情景，我妈明白了一切。她几乎是直奔我而来，举起筷子佯装打我。哪知我正躲我妹妹呢，一个猫身，那筷子恰巧打到我脸上了。我脸上顿时起了条"黄花棱子"，红肿起来。纵是如此，我一边哭，一边还把那仅剩的一小口锅巴塞进了嘴里。见我哭，妹妹也不追要锅巴了，再说，那半块锅巴也没有了呀。我妈忙着拿来盐水，把我抱在怀里，给我擦脸。那半块锅巴是留给我小叔第二天早上炒饭吃的，他要下地干活。"等这季稻收下来就好了。"我奶说。我妈也跟着说。哪知，我奶说过之后看我流泪不止，她也跟着流起泪来。我妈原本是要去刷锅的，看我奶哭了，她也撩起了蓝围裙。显然，我妈也哭了。

辣椒酱

"酱嘞——辣椒哟!"

听到吆喝，我以为是卖酱的。第一句叫得响，稍停，后一句声小且语速快，我没听明白，到面前一看，是卖辣椒酱的。

卖辣椒酱的骑一辆电动三轮车，操外地口音。后车箱里放有一台绞辣椒酱的电机，还有几箱辣椒。过去集市上也有卖辣椒酱的，像早年卖酒一样是用"端子"打的。"端子"就是带把的"b"型的开口量具。有一两、二两的端子，也有半斤、一斤的端子。有些商贩在辣椒酱里掺水过多，又有辣椒不新鲜、清洗不干净的，坏了辣椒酱的名声。众口难调，散装的辣椒酱也不会添加更多的作料，去适应不同人的口味，便少有人买。眼见为实，现如今有人揣摩出了食客的心理，辣椒酱是当着你的面现做现卖的。

秋渐深，辣椒已红，正是做辣椒酱的时节。做辣椒酱的红辣椒用细长的"朝天椒"最好。新鲜的朝天椒洗尽，去蒂，晾干，便可以放在电机里绞了。绞辣椒酱的电机其实就是家用放大版的豆浆机。做辣椒酱的人一边在电机口里放辣椒，一边加干净的水。根据自己的喜好，也有在辣椒里加生姜的，加芝麻的，还有的喜欢甜淡口味，在里面添加胡萝卜的，也可以在里面放糖、胡椒、蒜瓣什么的。绞好的辣椒酱放在干净的搪瓷盆里，跟其他的酱一样，要晒。放上盐，为防下雨或落入灰尘、苍蝇等，人们会比着盆的大小划一块玻璃盖上。只是记着，每天晚上要用筷子将上面一层结痂的壳搅拌一下。阳光真是奇妙的添加剂，一盆鲜红的辣椒酱晒过近一个秋天，颜色变得深红发褐，去除了原本光亮多汁的水汽，不仅色汁老道，且味道也显得内敛醇厚，不事张扬，耐人咀嚼。

辣椒酱是一道讨喜佐餐的调料，吃面条最相搭。放半勺辣椒酱在碗里，用筷子搅动，暗红的色汁渐散，浸润在面条里。香气出，辣味浓，还没入口，已令人食欲大增。"嘶嘶拉拉"一碗面下肚，额头上已浸出一层细汗。有女孩一边还用小手在嘴上不停地扇"辣死了辣死了"，一低头，却又"嘶嘶拉拉"吃个不停。各家面条店里，老板除了放醋之外，一定会放一瓶辣椒酱在桌上的。

辣椒酱也是极好的蘸料。饭店餐具有一个大不过掌的醋碟，好些食客都会在放醋的同时，舀一勺辣椒酱在里面。捸卤猪肝、卤猪蹄、卤牛肉、花生米什么的菜都会在醋碟里蘸一下。辣椒酱当小菜拌料的也多，咸菜、什锦菜、萝卜干，放些辣椒酱，再浇点麻油，开胃得很。

　　昨天朋友"胖子"打电话给我，说从贵州旅游回来，带了礼物要送我。"胖子"姓钱，他有两好，一是好摄影，全国各地到处跑，越是偏远的地方越爱去；二是好吃辣，他是我见着的唯一一个把辣椒酱当菜吃的人。十饭拌辣椒酱，红通通的，吃过饭嘴唇都是红的。你是分辨不出是辣椒酱给染红的还是叫辣椒辣红的。我接过礼物一看"老干妈风味鸡油辣椒"，是当地的特产，一瓶辣椒酱。"好东西，"胖子啧啧称赞，"我要少吃了。"好东西要少吃？我不解。辣椒酱下饭，胖子说他太爱辣椒酱了，吃辣就要急忙吃饭，饭量不减。饭量大，哪能不胖？吃辣椒酱能增肥，这是我没想到的，对于胖子来说，估计是个特例。

炒　饭

中餐与西餐烹饪方法最大的不同是中餐中有"炒"。西餐"saut"实际是"煎"。炒的种类很多，有生炒、爆炒、煸炒等，这大多是指炒菜。其实，炒饭也有讲究。

没有多少人拿炒饭说事。我们家乡有一句俗语："煮出来的饭炒吃——没事找事干。"这显然没说炒饭的好话。能给炒饭挣面子的是"扬州炒饭"，那天我看了扬州炒饭的一道"饭谱"：海参、火腿、猪肉、干贝、虾仁、冬菇、冬笋、青豆。这哪里只是饭？照我看这是一桌菜的大拼盘，像深圳世界之窗，包括了金字塔、凯旋门等世界著名景观的"缩微"，省却了人们抓耳挠腮的点菜之苦，也不需要吃口饭再挑各式的菜放嘴里像搅拌机一样地嚼，这盘饭事先就替你拌好了。再说了，像海参什么的，有多少是百姓厨房里天天找得着的呢。这样的扬州炒饭对于一般人来说有点离"谱"。

米饭是我们的主食。有人说过去上海人喜欢吃"开水泡饭"，就是用开水将剩米饭泡了吃。我猜是大都市人生活节奏快，节约时间，早上在用开水泡饭的当儿便可做诸如洗刷之类的事了。待饭泡好，匆匆扒几口便可上班去。饭是主食，用水泡是为了饭下得更快，不会噎着，也与时间有关。大概没有多少上海人会说"开水泡饭，味道好极了"。要是有时间将饭认真炒一下，或许情况就不一样了。

我女儿上学那会儿挑食，单是早饭就没少让家人烦心。超市买回的饺子她不吃，下面条也只是挑几筷就放下了，有时干脆什么也不吃，书包一背上学去。后来我发现，她唯独喜欢吃我为她炒的饭。

炒饭当然要先放油，然后放只鸡蛋在锅里，炒碎，再放入米饭炒。中国菜讲究色香味，色字当先，饭也是的，要是放些木耳、胡萝卜、火腿肠色彩就丰富得多。炒饭里，菜是不可少的，青菜最好，色泽青艳，一青二白，"草根"得很，大白菜也行，炒出来的饭金黄闪烁，似有"贵族气"。有时，我还会将一些剩的肉块切碎，厨房里有的东西，逮着什么放什么，菠菜、芹菜、蘑菇什么的，胡乱炒出来的饭，女儿竟夸"味道不错"。不过，炒饭火候把握很重要，肉类是块状的先放锅里炒，菜类的就不能早放了。

米饭不稀罕，各式的菜蔬也不稀罕，搁一块炒好就稀罕了。"认真"是最入味的作料。一想，这不是平民版的"扬州炒饭"吗?

孔子说"食不厌精，脍不厌细"，这样有味。炒饭也一样，能入锅的都得"精细"才是。《黄帝内经》有言"五谷为养，五果为助"。其实，菜蔬多的是，炒饭的时候又岂止是"五果"？手不停，火不断，这家常炒饭的包容性极好，与诸菜都能"和谐共处"。

中和之美是中国传统饮食文化的审美理想。看样子，仅有主食是不够的，吃饱是一回事，吃好又是另一回事。我们也应该把两者放一块琢磨琢磨。比如，认真炒饭。

菜泡饭

菜泡饭成为主食是近几年的事。过去我们这儿叫"泡饭"为"汤饭",按放盐不放盐区别是"白水汤饭"和"咸汤饭"。白水汤饭用剩米饭加水煮开便成,咸汤饭要加油加菜的。菜泡饭就是"咸汤饭"。

过去,乡下人少有吃汤饭的,在他们朴素的意识里,汤饭对胃不好。这一说法没人去验证。他们熬粥。我倒以为这是乡下人的借口。粥熬的时间长,绵软,味浓,口感好。他们有的是时间,家家都有烧火做饭的。饥岁荒年,米本身就金贵,哪有剩饭去做菜泡饭呢?熬粥的食材多,玉米面、米、山芋干、豆粕都行,粥里加各式的豆和菜,咸淡皆宜。

那天我乡下表叔到我家来。近晌,我们没时间做饭,也没买更多的菜,我带他到公司对面的"小菜香"饭店吃饭。表叔好喝几杯。酒足，上主食，我便点了"菜泡饭"。哪知，菜泡饭上来了他还在等，还不时地回头看着服务员。我催促表叔"吃饭呀"，他才动筷子。表叔连吃了两碗。吃完，他跟爱人嘀咕，好吃，好些年没有喝"菜粥"了。饭后我才知道，他不时地回头张望，他在等"饭"呢。因为我点的就是"菜泡饭"。他以为"菜泡饭"一定是"饭"。乡下人"饭"和"粥"分得是很清楚的。表叔把菜泡饭当成了"菜粥"。

不觉莞尔。前些年招商引资热潮高，好些浙江的商人来小城开发，他们也带来了饮食习惯的改变。不少饭店老板都在琢磨这些"浙江老板"的口味，几乎所有的饭店都会做菜泡饭。我第一次听到"菜泡饭"这个名字也是一愣一愣的，没听说过呀。

千年一碗粥，一粥喝千年。喝粥成了乡下人的早晚主餐。粥的文化根基要深得多。菜粥更有味。

家贫喝粥。早年，乡下人有几个家道不贫呢。乡间滋味长，自得其乐。但是，"家贫菜粥香"，"青菘绿韭古嘉蔬……熊蹯驼峰美不如"，其"晨烹山蔬美，午漱石泉洁"的生活倒也怡然。陆游是骨灰级的素食主义者，他把"菜把青青间药苗，豉香盐白自烹调"的日子过得有滋有味。他一直活到八十五岁，在平均寿命只有三四十岁的宋代怕是真正的高寿了，莫不与他喝菜粥、吃素食有关。

生活节奏快了，人们没有更多的时间去熬粥。这让菜泡饭钻了空子。

菜泡饭鲜香爽口，咸淡适宜。简单的菜泡饭剩饭加水，加盐油和青菜煮，不出五分钟，一锅菜泡饭便好了。省时省力，也不浪费。讲究一点的加青菜、香菇、料酒，也有龙虾菜泡饭、鱼翅菜泡饭，那是菜泡饭的豪华版了。

菜泡饭是"懒人餐"，它为什么受欢迎呢？那天我试着把菜泡饭拆开来分析。菜、米（面）、汤、肉、作料，其食材的组成与麦当劳如出一辙。"菜泡饭"把菜、作料、汤"煮合"在一块了。麦当劳成了一堆散装的"零件"，而"菜泡饭"却是组装好的"成品"。

锅围饼

"妈，有事吗？"

"没事"，妈妈在电话那端似乎愣了一下："来家呀，我贴锅围饼给你吃。"

周末，我会回家，忙时，也就少有顾及。妈妈跟我同住城内，离得不算远。两周不回，妈妈却会想着打电话给我。

锅围饼是围在锅四周贴的死面饼。也有叫锅围饼、"锅贴"、"锅围子"的。锅围饼薄，嚼在嘴里外脆里柔，筋道，有弹性，麦香浓，鱼味鲜，浸润在锅底部汤汁里的饼更有味。浓香四溢，沾着油光的饼又添几分诱惑，让你忘它不能。

贴锅围饼要用传统老式的草锅、灶子锅。

贴锅围饼时锅底部都会煮些小野鱼，多是鲫鱼、马郎鳜子、昂针鱼之类的野生小鱼。鱼下锅，作料齐，贴饼。煮鱼汤稍多，面没凝固前会向底部稍有下滑，锅里的鱼汤沸时又向底部的饼不断地喷溅打点。借着锅下面柴火的烘烤、鱼汤蒸气的熏蒸和鲜美汤汁的浸煮，出锅的锅围饼成了绝好的美食，尤其是锅底部沾着鱼汤处的饼，咸鲜有味。

不煮鱼也无妨，在锅底部加些水也行。

淮河边，洪泽湖旁，傍晚，渔船归，渔民回。一同上岸的还有大大小小活蹦乱跳的鱼虾。眼看天色近晚，也累，渔民们也不奢望鱼虾再有高价，往往三文不值二文地卖了早回。这倒让食客们捡了漏，每天傍晚时分，总有好些人在路边、堤上转悠，看是否有渔船靠港，是否有鱼虾卖。新鲜的鱼虾，闲暇的时光，又有一份想吃的好心境，这为做小鱼锅贴创造了极好的条件。晚上，一家人围坐在一块儿吃一顿小鱼锅围饼，灯火点亮的每一寸时光里，仿佛都充满了浓浓的烟火的味道，人间的味道，幸福的味道。

人们揣摩透了食客的味觉需求，专做这样的营生。洪泽湖数十里长的堤外，大大小小的小鱼锅贴店有近百家。最有名的洪泽县内的朱坝，建了一座"小鱼锅贴城"，二三十家饭店家家做小鱼锅贴。从国道上过境的人，少有不到朱坝吃小鱼锅贴的。一人一份锅围饼，一人一份多汤的鱼，嚼着饼，蘸着鱼汤，唰着鱼肉，吃出动静。啧啧，啧啧！湖水煮湖鱼，民间真滋味。

我们家搬进城那年，有瓦工来家里修厨房的时候，妈妈就吩咐要瓦工在墙角砌一堂独眼灶子锅。我们都有埋怨，现在哪有人烧灶子锅的，占地方，要烧草，费事得很。妈妈并不与我们争辩，她的坚持近乎固执。家后有一片林子，夏日风大，风过，妈妈常到林子里捡从树上掉下来的枯树枝。积聚下来，院内堆成了一个草堆，有几百斤重的枯树枝。我知道，这是留着做锅围饼用的柴草。我也知道，我最爱吃锅围饼。妈妈心里想着的，是我，是她的孩子呀。

近来，妈妈手有疾，不停地抖，医生说是神经末梢方面的问题，虽无大碍，却又一时难以治愈。妈妈年近八十，老了。家里的那眼独眼灶妈妈依旧留着。虽说我已好久没吃到妈妈做的锅围饼了，但妈妈做的饼的味道，爱的味道，却让我永生难忘。

摊　饼

"一碗米饭千种面",虽说食米者众,但做法不外乎用米熬粥煮饭,自然简单;面食复杂,饼的做法就花样百出。摊饼算是家庭餐桌上的"小品"。

"晚上想吃点什么?"

我笑,手在空中画了一个圈。她知道了。我是在模拟摊饼的动作。常问常说,这么贪。我好像都不好意思向太太开口了。

我喜欢吃摊饼。

摊饼是饮食这篇大文章的"急就章",想吃就吃。

和面,水稍多,面糊要反复用筷子搅匀。锅热,放少许油。油多不得,油多,面不粘锅,面糊卷一块儿了,饼不成型;油少,面粘在锅上,又铲不下来,少顷便糊了。油多油少,如何拿捏,靠的是经验。摊饼时根据自己口味,添加作料。一般都会在面里加少许盐，也有加生鸡蛋和面的，也有加葱的。加鸡蛋摊出的饼色汁金黄，油光泛亮。也有将生鸡蛋搅匀倒在饼上的，文火，借着热力，鸡蛋在饼上渐渐凝固。一绺白，一绺黄，色彩鲜艳，有画的意蕴。饼出锅外焦内嫩，外脆内软，满嘴香，好吃。

去年我花一年的时间进行"千里走淮河"采风，从淮河源头桐柏山一直走到我的家乡淮河末端的盱眙。一路走来，品尝了沿河各地的小吃。在河南淮滨，我还吃到了把鸡蛋灌在摊饼夹层里的"灌饼"。饼渐熟时，中间撕个小洞，将搅匀的鸡蛋液灌进去，饼在锅里再翻两个身便成。现做现卖。因其口感好，受到了市民的欢迎。那天我去买灌饼时排了好长的队。有性急的或是赶着要上班的就等不及了，干脆买几个包子或是馒头拉倒。灌饼两面焦，中间嫩，更好吃。

爱人手巧。她会把摊饼的面和得很稀。锅热，她把面倒进去，端起锅，在火上转身晃动，旋即，面糊顺着角度把锅底涂匀，一掠勺，饼在锅里翻个身，不出半分钟，饼便摊好了。一转身，饼送到了你的面前。在极短的时间里，摊饼保持了其脆、嫩、韧、香的特点。薄如纸，大如碟，晶莹透亮，香味诱人，有举案齐眉的爱与敬，也有"洗手做羹汤"的工与勤。

现如今，各式大饼、馕、街上或超市里都能买到。在家里能做的饼，怕只有摊饼了。

桌净，对饮两人，或者三人。喝粥，喝汤，品着刚出锅的摊饼，柔和的灯光下泛着摊饼的热气和香气。剪影打在墙上，或者窗子上，柔软的时光里，徐徐散发出来的，是摊饼的味道、

家的味道、爱的味道。不承想，一锅摊饼，把这些味道调和得
恰到好处。

菜 粥

"好吃吗?"

"好吃,"爱人小声地嘀咕,"菜粥呀。"

"沃头蚝干粥。"女儿纠正道。

我和爱人在厦门休假,住在女儿家。女儿听说她妈想喝粥,特地挑了一家厦门有特色的粥店。爱人露怯了。她把蚝干粥误以为是普通的菜粥了。蚝干粥除了放芹菜之外,还要加蚝干、排骨,自然"好吃"。

想想也对。白粥之外,就是咸粥、菜粥了,只是菜粥里所增加的菜不一样罢了。

粥味全,津润,易消化,省费。赈灾喝粥,家贫喝粥,现在喝粥者众,怕都是养生才喝粥的了。

菜粥是放菜放盐煮的,饭菜一锅出,不只"省费",也省事。

米打底，涨开成朵，汤渐浓，加盐加切碎的青菜，再煮。熬好的菜粥绵糯滑润，清淡可口。稀不顶饿，浓了费米。菜粥稠得能用筷子攧住才好。这样的粥我们叫它"二抹头"。"二抹头"菜粥喝不到，得用筷子"抹"，纵使吃到最后，攧根菜叶，也能用筷子把碗四周的粥抹得干干净净。

我小时候"聪明"。遇有吃菜粥时，我便磨蹭。等大人们先吃，锅里粥近见底的时候我才去盛粥。这会儿，粥在锅里熬得时间长了，底部的菜粥极稠，像烧焦黄的锅巴，比早先的菜粥香、咸、有味。我们叫沉在锅底部的稠菜粥"黏郭"。黏郭用勺舀它都难，盛黏郭得用锅铲子铲。

早年，米金贵，烧菜粥多用玉米面。"少一把柴，水不透（开）；少一把面，粥不厚（稠）"，俗语里有民情。意在要人们节约柴草、节约粮食。这也说明白了菜粥稠与否在于加面多少。玉米面细，烧玉米面菜粥比熬米菜粥要省时得多。瓜菜半年粮，有时，菜也金贵。我小时候就吃过山芋叶粥。山芋叶粥滑腻色褐，有苦涩味，难以下咽。记得我上小学的时候，学校常常会让我们吃"忆苦思甜饭"，喝的就是山芋叶菜粥。我们哪里吃得下，多半是盛半碗装装样子，趁人不注意的时候便把菜粥倒掉了。父亲说他在闹饥荒的时候还喝过榆树叶粥。他说榆树叶粥黏滑，叶硬，拉嗓子。

唐代诗僧贯休说"九年吃菜粥，此事人少知"，吃菜粥九年也够长的了。后来的陆游呢，"藜羹麦饭冷不尝，要足平生五车读"，陆游志在读书，菜粥"藜羹"和麦饭是他的家常便饭。年长的他仍喝菜粥，"老境绨袍暖，贫家菜粥香"。陆游喝菜粥怕是远超九年了。我将要离开厦门的时候女儿又带我们另去了几家粥店喝粥。女儿说厦门人会养生，爱喝粥。写至此，我突然觉得当年的陆游才是"养生专家"呢。宋代人的平均寿命只有三四十岁，陆游却活到了八十五岁，是不是与他喜欢喝菜粥吃素食有关呢？

菜 饭

"哇——煮菜饭啦!"

香不瞒人。一进屋我就闻到了菜饭味了,凭嗅觉我在慢慢分辨,菜饭里有青菜、姜、腊肉、香肠。

爱人知道我喜欢吃菜饭,每年冬天会多腌些腊肉、香肠,切成小块放在冰箱里,留着日后做菜饭。

入秋,青菜上市了,吃菜饭的人渐多。到了小寒这一天,南京人有吃菜饭的习俗。"南京菜饭"用的是当地的青菜矮脚黄。矮脚黄青艳鲜嫩,糯米绵软可口,腊肉、火腿、鸭丁腊香味醇。小寒是一年中最冷的节气,也是阴气最盛的时期,糯米补中益气,健脾暖胃,生姜发汗、解表,温肺去寒,又有鸭丁、腊肉、火腿食材的加入,药食双补,"南京菜饭"很讨喜。

上海咸菜饭用的"矮脚青"估计就是南京人说的"矮脚黄"。

霜后香，霜前涩，遭过霜的青菜才好。如今，上海咸菜饭成了上海的特色小吃，大街小巷多的是。

一日三餐，一干两稀，中午是要吃干饭的。往年，干饭少有白米饭，多是菜饭。

"一脸菜色两眼豆，山芋萝卜排成串"，天天吃菜饭，挺够人受的。"一脸菜色"，满眼是豆，能做菜饭的"菜"还很多。

将姜、葱在油锅里炸出香味，菜洗净，切碎，一同炒蔫，加水加米。锅开，用锅铲沿着锅边翻动，再用锅盖盖住。文火，蒸气出。少有锅盖掩气，罅缝、豁牙，找来所有的抹布，蘸水，把漏气处盖住。热气依旧四溢，满屋菜香。等菜饭好了的时候，抹布都已烤干。路过的村民往往立足："你家菜饭煳喽！"说着玩的，村民知道你家中午煮菜饭吃了。

要是菜饭里加了腊肠味道就不一样了。腊肠就是腌过晒过的猪大肠和小肠。腊肠特别香。我自小便以为，腊肠是天底下最好吃的食物。偏偏妈妈把腊肠切得很碎，只有黄豆粒般大小。饭在碗里，我们一个个会把脖子伸长在碗里捡腊肠吃。当然，妈妈也会把吃到的腊肠分食给我们。有时，看妈妈伸筷子要给我们腊肠了，就会同时有几个小嘴伸过去，像燕窝里嘴角黄斑还没褪尽的嗷嗷待哺的小燕。

菜饭绵软，青艳，有清香，也有陈香。灶子锅煮菜饭时也常"炕锅巴"。饭熟，再添小把软草，锅里有"叭、叭、叭"炸锅巴的细响。妈妈会把炕好的锅巴盛起来，装在一只广口瓶里，当茶食给我们吃。由于广口瓶密封，锅巴一连好些天都不会变软。

饭里也添其他菜。添豇豆，叫豇豆饭；添绿豆，叫绿豆饭；添胡萝卜，就叫胡萝卜饭；更多的是添山芋，山芋饭吃得都想吐。

记得有一年我过生日，妈妈盛饭的时候小心地拨开菜，盛了半碗白米饭给我，然后才把所有的菜和米充分地搅拌均匀。我哪里把持得住，便在其他兄妹几个面前逞能，炫耀自己。我小妹个子小，她要踮着脚才能看到。她以为我是骗她的。当她看到我吃的真是白米饭时，她竟"哇哇"哭了起来，半碗菜饭撒在桌子上，连菜饭也不吃了。

五味杂陈的菜饭滋味，怕不是所有的人都能品尝出来的。

鸡杂

"鸡杂留着。"

"知道。"

进入农历七月之后，家养自然孵化的小鸡就能吃了，此时的鸡我们都叫它"小公鸡"。之前能吃的是"童子鸡"。童子鸡是没打鸣的鸡，炖给小孩子吃。母鸡少有人吃，它要下蛋呢。小公鸡肉嫩，味道鲜美。周末的时候，我会到菜场买活鸡回来，自己宰杀。爱人口中的"鸡杂"也包含鸡血。

"鸡三把，鸭半天，杀只老鹅不种田"，是说宰杀家禽所费的时间。"鸡三把"是说热水在鸡身上烫过之后三把就能把鸡毛去光。此话虽有夸张，但是，杀鸡去毛还是相对容易的。小公鸡爆炒红烧放鸡血当然好，这是主菜；取其"杂"，又不影响主菜，另做出一道特色下酒炒菜炒鸡杂来，更觉得怡情，好像这道菜是白捡的一样，讨巧了。

鸡杂多指鸡肝、鸡胗、鸡心、鸡肠等杂碎。心、肝等切片，肠寸断，配少许木耳，或者山药、土豆、青椒，以料酒去腥，糖提鲜，生抽着色，爆炒，不出三分钟，一盘鸡杂便炒成了。鸡胗肉质密实，滋味长，不油腻，鸡肝绵软细腻，鸡心爽滑有韧劲，鸡肠耐嚼，香。炒鸡杂色汁丰富，香气缭绕。甫一上桌，酒虫子随着热气蠕动，心里叨咕的是："上酒，上酒！"

一瓶啤酒，一盘炒鸡杂，周末的滋味具体而实在。

一般情况下，少有人会去打理鸡肠的。形容某人气量小，好计较，往往会说"小肚鸡肠"的。鸡肠不比鹅肠、鸭肠，它细，小，不出货，多半扔了。其实也怪可惜的。鸡肠不只能吃，好吃，还有一定的食疗作用，《食医心境》说它"治小便数、虚冷"，《圣惠方》说它"治遗尿不禁"。我小时候就尿床，估计我妈不知道鸡肠有这作用。《奇效良方》说吃鸡肠"治痔漏"，只是其吃法叫一般人难以接受。焙一挂鸡肠，要带粪。别说吃了，想起来都恶心，嘛"良方"啊！

中国人爱吃鸡，还夸鸡，说鸡有"文、武、勇、仁、信"之五德。冠显文，爪呈武，好斗是勇，有食共享乃仁，到时就打鸣是信。鸡作为食材做出的菜怕是十篇八篇文章也难以写得完的。只是这不登大雅之堂的鸡杂却少有人提及，多半也就搁鸡里一块烧了、炖了，煲汤也好，红烧也好，没了鸡杂的名分。一道好菜被埋没了，可惜。

除却鸡肠，鸡肝、鸡心、鸡胗加在一块儿量也非常少。这又是另一道"鸡肋"，让人难以取舍，成了搁在鸡肉里一块儿处理的理由。我却是舍大成小，在鸡胸脯上割一小块肉下来，配在鸡杂里切成片，壮大鸡杂的队伍。这样，配些其他蔬菜，就够炒一盘鸡杂的了。

炒鸡杂是一盘家庭私房菜，上不了台盘，没多大名响。日子本如此，滋味生活，多是从一盘盘炒鸡杂开始的，因为，一日三餐中，名馔大餐离百姓的餐桌毕竟有些距离。

疙 瘩

"韭菜疙瘩……"

"中。"

那天去"小菜香"吃饭。酒毕选主食的时候，还不待服务员报完，老刘便抢先"中"了。

"疙瘩"有喻义，不顺畅、不爽利，人与人之间彼此有隔。作为食物，它却是那么黏糊、滑润，讨食客的喜欢。

疙瘩是江淮及以北一带人们常吃的家常面食。舀半碗面，放少许水，用筷子将面充分搅拌，碗里的面成一个个疙瘩的时候，就拌好了。将疙瘩倒进沸水锅里，锅一开，揭开锅盖，再在锅里放少许盐或者菜，一锅疙瘩便做好了。就这么简单，做疙瘩方便，省粮，也省菜。

疙瘩根据所放的"搞头"不同也有细分。服务员所说的"韭菜疙瘩"就是在锅开之后放了些切碎的韭菜。"青菜疙瘩"放的是青菜,"荠菜疙瘩"放的自然是荠菜。"南瓜疙瘩"放的就是南瓜,只是做时要先将南瓜丝放锅里炒会儿再加水。有一道"翡翠疙瘩"。汤锅里自然加的不是"翡翠",一打听,是菠菜。菠菜刚出锅青艳碧绿,其色似翡翠。别以为这儿的村民们给食物起名字都那么土的,我不解释,怕是你不明白这道"翡翠疙瘩"是何来路的呢。

村民们把放的这些菜叫"搞头"。

搞头能改变疙瘩的口味,也能左右疙瘩的品位。过去村民餐桌上疙瘩的搞头自然是地里长的家常菜。现在做疙瘩搞头的食材选择很多。除了绿色蔬菜之外,也有西红柿、蘑菇、木耳、虾皮、虾米、干蚝、干贝、海参,不一而足。

女儿读高中那会儿,仅有的几样早餐让她吃得发腻,胃口大减,有时只扒一两口饭便背着书包干脆上学去了,这让我们很着急。后来我发现她爱吃我做的疙瘩。做疙瘩也让我动了不少的脑筋,拌好疙瘩,把菜切细,当然这菜也是常常变着花样的。我还会在锅里放切碎的胡萝卜丁、木耳、姜米、鹌鹑蛋、鸡蛋花。蛋花黄,木耳黑,蔬菜绿,疙瘩白,色汁丰富,再滴几滴麻油,撒些胡椒粉,绵软滑嫩,香脆可口。女儿常吃不厌。

有一道"珍珠疙瘩"是我见着的疙瘩里做法最讲究的。"珍珠疙瘩"主材料不是面粉,是米。米煮至八九成熟,把它作为母体,将面粉附在米粒上。将肉馅儿、西红柿、虾米等在锅里炒熟,根据喜好,配些其他的菜蔬,一锅"珍珠疙瘩"便出锅了。大小一致,出锅的疙瘩一粒一粒酷似珍珠,晶莹透亮,好吃也好看。

民间有话，"当家疙瘩持家粥"。早年家贫，少粮，常年稀饭粥居多。疙瘩也属面粥之列。缺油少粮的岁月已过，如今，因疙瘩热量低、易消化、养胃，依旧讨人们的喜欢。疙瘩也叫面须。好些餐馆嫌"疙瘩"名字土，也少有叫它。不过，人会恋旧，好比老刘那天选主食的时候那么果断，听到"疙瘩"，像是一下子遇到了旧友时的激动，不只是喉头蠕动，齿颊流津，眼里也都跟着放出惊喜的亮色。

荠菜饺子

二月二，挑荠菜。

农历二月初的荠菜最好，嫩，香，味足。

周日，放晴，拎只小竹篮，带把小菜锹，挑荠菜去。路边，田野，菜地旁，多了三三两两低头寻春的人。再把挑回家的荠菜剁巴剁巴做成馅儿，包饺子，你会觉得，这个周日更有味，也不辜负好春光。

春天懒洋洋的，挑在篮子里的荠菜也蔫了。这不要紧。理过的荠菜叫水泡过之后，一会儿的工夫，每一棵荠菜都会精神抖擞。

荠菜是做饺子馅儿的主角。我在包荠菜饺子的时候还会放好些的作料。饺子有素馅儿和荤馅儿两类。荤馅儿放肉末，佐以胡椒粉、姜末、糖、味精，也会在馅儿里放一只或是两只生鸡蛋拌匀。荤馅儿的有肉，荤，吃多了发腻。我们常做的鸡蛋饺子多做素馅儿。素馅儿一般只把摊好的鸡蛋皮剁碎拌在荠菜里。我还在荠菜饺子里放过剁碎的木耳、香菇、粉丝。粉丝白，木耳黑，姜丝黄，荠菜绿，春意盎然的景象，也有一番好滋味。

我奶奶说，二月荠菜不挑根，不如在家蹲，说得有道理。这是我奶奶版形而下的"菜根谭"。根香，有味，挑荠菜时要连根挖，剁馅儿时，根当然留着。荠菜本来就柴，不润喉，不滑腻，有了根口感就更差。一般的情况下，在剁荠菜时，人们都会加一些青菜在里面。只是这些青菜都是些无名英雄，成了"荠菜伴侣"，没有人会想着提青菜的名，而冠名它"青菜饺子"的。

我以为，腊肉荠菜饺子算是荠菜饺子中的精品。做馅儿时，腊肉要切得很细。也有将腊肉末在锅里先炒成半熟的。饺子所散发出的腊香味，和荠菜固有的清香拌在一起。啧啧！吃所有的饺子都要蘸醋，或者麻油、酱油、辣椒酱等调料，唯独腊肉荠菜饺子不要蘸料。好像一丁点的外味，都会破坏饺子的香气。餐馆里，要是你在吃腊肉荠菜饺子的时候向服务员要蘸料，那会叫别人说闲话的，说明你还不是地道的吃货。"味"我独尊，腊肉荠菜饺子的味道，就是这么霸道。

一般包饺子的时候，爱人都会到超市里买些做好的饺皮回来，这样省事。包饺子做皮和面是挺烦人的。做荠菜饺子我们大多是自己和面做饺皮。自己做的饺皮筋道，好吃。讲究到底，好像只有这样的饺皮才和荠菜的馅儿般配。随随便便买的饺皮都是对荠菜馅儿的不尊重。

我们社区"小菜香"餐馆每天早餐有一样是"蒸饺"。蒸饺很讨食客的喜欢，有白菜、豆腐、猪肉等不同的馅儿。没有食谱，食客知道，点蒸饺时你只消报出馅儿名便可。唯独荠菜上市的时候，"小菜香"的墙上会贴出一张红纸广告来：荠菜饺子上市啦。有时，"啦"字后面还会加上三个感叹号，像是向食客们报喜似的。这些日子，"小菜香"食客盈门，大多是冲着荠菜饺子去的。

为了应对早上上班食客高峰的到来，"小菜香"会提前蒸出好些的蒸饺。我不去凑那个热闹。因为荠菜饺子只要一出笼，不要半个时辰，荠菜的颜色便不青艳，当然，那香味也跟着打了折扣。我会在"高峰"过后，在那儿等新出锅的荠菜饺子。

其实，时辰极短的还有整个春天。似乎只是几天的工夫，天便热了起来，让人感到春天的飞逝。紧跟着，荠菜也便开花了。仿用一句旧话：吃荠菜饺子要趁早。对食客而言，不也叫不辜负好春光吗？

荠菜圆子

"来份'圆子'？"

"荠菜圆子！"

每次到餐馆吃饭，点菜是让我感到头疼的事情。你得揣摩不同人的口味、喜好，还要算计每道菜本身的质量和价位，也要顾及每个饭店的特色菜和新菜品。那天在"小菜香"吃饭，我正在随着服务员的话犹豫选择什么样的"圆子"而感到"头疼"的时候，她迫不及待地报出荠菜圆子来了。

自信来自经验。她的自信是有道理的。味有道，抛玉引玉，"圆子"本就人人爱吃，何况是刚上市不久的荠菜圆子。估计她的推荐少有失手，何况，我又是"小菜香"的常客。

"好。"

惊喜不加掩饰。两眼圆睁，好像碧绿的荠菜汁所裹挟着粉嫩的肉末已油亮亮地在眼里放出光来。眼睛已成了两只晶莹的"圆子"，充满生机的颜色，也似乎有了好滋味。

"好"过之后，我也不再去做"头疼"的事了，便向服务员报了客人人数，要她看菜做饭，自己做主再配几道菜便可。好像有了这道荠菜圆子垫底，其他的菜都成了配角，也不再重要了。

肉圆子、鱼圆子、豆腐圆子，有称它们"大三圆"的。"大三圆"在我们那儿有名响，各家餐馆都有，是食客常点的菜。我们都唤它们"圆子"，这样叫着亲切、家常。"大三圆"之外也有一些小类的"圆子"，同样也招人喜欢。比如绿豆圆子、汤圆子等。肉圆子中最叫得响的当数"狮子头"。鱼圆子里的"酸汤鱼圆"也是精品。那年胡耀邦到盱眙视察，餐中就有"酸汤鱼圆"。只有豆腐圆子是素圆子。由于平民百姓都爱吃，吃者众，也挣得一片天地，挤进了"大三圆"的行列。荠菜圆子讨喜算是另类，它有时令限制，是时令菜。因为，只有荠菜上市的时候，有荠菜了，人们才会去做荠菜圆子。

做荠菜圆子也不难，将荠菜剁碎，搅拌在肉糊或是豆腐泥中，佐以葱、姜末、胡椒粉、蛋清、盐、味精、糖，充分地用筷子把糊搅匀，然后五指并拢，用筷子挑出放在指上，双手不停地在指间上下传递，直至成型紧致，再放入沸水中。出锅的荠菜圆子码放在盘子中，它只是半成品。吃时，要把荠菜圆子再下锅放入高汤烩。高汤里也可以放些竹笋、木耳、鸡蛋皮、青菜什么的。

荠菜圆子不仅有圆子的绵软、可口，更有荠菜的清香和青艳。同时，也能吃出肉的劲道和豆腐的滑嫩。其实，荠菜圆子也算不得有什么创新，它只是在圆子里加了一些剁碎的荠菜，是肉圆子和豆腐圆子的翻版而已。这里的荠菜，充其量也只是作料。有时，人们也会在肉末里放上豆腐，再在里面放上荠菜。这会儿，你是分不出圆子的底料是肉圆子还是豆腐圆子了。

　　仅仅是放了一些荠菜，能让有头有脸的"大三圆"换了名姓，可见荠菜圆子的影响力有多大。

厨房里的妈妈

妈妈很少出远门。父亲笑她："锅台转。"妈妈嗔："饭堵不上你的嘴。"妈妈还是笑眯眯的，并没什么怨言。

"锅台转"就是整日围着锅台转悠的意思，是乡下人讥笑少出门没见过世面的人的。

我们家人口多，奶奶，还有我小叔，加上我们兄妹五个，一家九口人，吃饭真的是很麻烦的事。锅上一把，锅下一把，妈妈一天似乎也不闲着。鸡叫三遍妈妈便起身了，除了出门打着眼罩看太阳多高判断一下时辰烧午饭或是晚饭之外，妈妈似乎就不曾离开过厨房。就是在她出来有动静的当儿，有鸡围着她，有猪在圈内哼哼，妈妈便会随手从土瓮里舀些稻子或是玉米撒在地上。鸡高兴得很，一边啄食，一边"咯、咯、咯"地像笑，妈妈只是拿着干瓢喜滋滋地看，一片静好。这时似乎是妈妈最放松的时刻。就像平日里她自己不吃饭，看着我们狼吞虎咽的样子。这样的闲暇是极短暂的，因为在听到动静的时候，猪圈里的猪又开始哼哼了。其时，妈妈又会转身进厨房去，用涮锅水烧猪食了，一边走还一边说"来啦，来啦"，有意思，不知是妈妈自语，还是真的说给猪听。

妈妈打理着厨房。妈妈支撑着家。

如今，我们兄妹都已长大成人。前些日妈妈到我家来小住，她用一蛇皮口袋背着件东西，挺沉的，一看，竟是一只铝制的厚底平锅，有近十斤重。爱人怪她，妈说，平锅煮饭多香呀，还能有锅巴。妈知道我自小就喜欢吃锅巴。

这平锅做锅巴为妈妈制造了不少的麻烦。差不多上午十点妈妈就要淘米煮饭了，之后就一直不离开厨房，不离开平锅。她看锅边沿不冒水蒸气了，就把火拧小，细细地听。待听到有细细的炸锅巴的细响的时候，妈妈还会把平锅在火上反复地移动位置，她想让平锅均匀地受热。十多分钟后，妈妈又把火拧小些，不时地用鼻子闻，我知道，她是怕火大了，是在闻有没有煳味。或许是时间长了，妈妈已累，在闻的当儿，她是用双手扶住台灶的。我隔着玻璃看着这些的时候，眼已渐次湿润。

看到桌上一大盘黄亮亮脆且香的锅巴，女儿禁不住一声："哇噻，味道好极了！"

妈妈依旧在一旁看，喜滋滋地笑。

"奶奶，你吃呀。"

妈妈摇摇头。她不再是舍不得吃，她牙已掉了，已咬不动锅巴了。仍旧笑眯眯的，豁开没牙的嘴，率真而满足。

妈妈年事已高，背已驼。在我们家小住的日子，妈妈一天不曾离开过厨房。有时，她还会为自己找更多的麻烦，从菜场买好韭菜回来，一根根理净，再切碎，为我们包饺子。

我和爱人已不再埋怨妈妈。那天看一则广告，温情得很：厨房里，一位母亲手托腮，一脸笑，看她孩子大口吃她做的饭。母亲的那张笑脸让我难以释怀。

形而下的滋味生活哪里离得开厨房，哪里离得开妈妈。爱，是世间最美的味道，让人回味一生。

雪　豆

那天我妈又打电话给我，说专为我做一道菜，要我尝尝。

周末的时候我们会想着回家吃一顿饭。我们回家吃饭似乎是我妈重要的事情。平日里，她关心最多的似乎是我的爱人、我的女儿，唯恐她们吃不惯，不投口，她会投其所好，专挑她俩喜欢吃的菜做。为这我曾怪过我妈，都是家里人，又不是客。我妈不领情。后来我不说了，因为我妈看到她俩吃得好会更开心。

我妈专为我做的菜，会是一道什么菜呢？

我妈没忘了做我女儿爱吃的麻辣豆腐，也没忘了做我爱人爱吃的红烧鱼头。一家人吃得开心说说笑笑，我一时却把妈妈的话给忘了。一抬头，我妈盯着我，笑，秘而不宣的样子。说实话，我说不上喜欢吃哪道菜，或者说哪道菜我都喜欢吃，只是不知我妈为我专做了哪道菜呢。

她像是猜出了我的心思，指盘里的豆："好吃吗？"

只是一盘煮黄豆，豆有什么好，我忘了，是不是没动筷子呀。

我一时难堪，忙着撕几豆，尝尝，咸，香，没什么特别的呀。

"煮黄豆？"

"雪豆。"我妈指屋外地上的雪。

雪豆？呵，我想起来了，是血豆子。我妈不说"血豆"说"雪豆"，是她不愿提及那一段艰涩穷苦的岁月，还是想为现如今的美好生活加以粉饰呢？

交冬数九，村民们就开始忙着腌年货了。放上盐、花椒、胡椒，讲究的还放硝，进九之后出卤的肉香。其实，村民们也不过腌只猪头或是几条肋肉。不出半月，肉好，好些人家却舍不得把"血水"倒掉，悄悄地打起了半盆卤的主意，腌血豆子。说是"悄悄"，是因为这是没面子的事情，日子再穷，也不想让外人知道会去贪念那一点盐和作料，在没有油水的生活里去沾那一丁点污浊的"腥"。

腌血豆简单得很，黄豆泡过之后，放在血水里浸便行。不出半月，估计豆们把卤汁里的味吸尽，其实是"照单全收"，因为半月之后血水也叫豆"喝"光了。豆色暗红，肥硕圆润。

将血豆捞出，煮，放进盆里，血豆也便成了好些村民家的"当家菜"，有时，要吃一个正月。只是在这期间，要想着把血豆"回锅"，也就是将豆在锅里煮一下，以防变质变味。

雪豆好吃，有股腊香味，或许沾着了鲜气，吃着有肉味。

这让村民的胃兴奋得很。在那段清苦的岁月里，吃上一顿肉，那近乎是一件奢侈的事情。能在豆里吃出肉味来，岂不美妙。

纵是这样，血豆也不能海吃，只是在中午的时候在饭上蒸半碗。这半碗豆，也就成了一家人的中饭菜了。豆狡猾，伸筷子，也搛不了几粒豆，有时是两粒，有时是一粒，有时，一粒也搛不到，即便是"空筷头"，也算是沾着血豆的味了。在乡下，这样搛"空筷头"的当然是大人，因为他们想着，把血豆留给孩子吃。

小孩子哪里理解大人的苦心，更不会有"空筷头"的，眼看血豆将尽，忙着搛豆，甚或将碗里的血豆倒进自己的碗里。

"你还记得你跟二子争血豆的事吗?"二子是我弟。我妈问我，我哪里记得。

"你还被我打一筷子呢，"这事一定是有的，"我一直搁心里呢。"

"那时穷，打过你之后我心里哪好受。你背书包上学去了，还有半碗饭也没吃，眼里有泪。想着哪天日子好了，妈多腌些血豆子，让你吃个够。"

我妈说着这些的时候两眼也有泪，我也两眼发涩。

水咸菜

吃水咸菜对现代人来说是件无理的事情。他们会拿水咸菜里所含的亚硝酸盐说事，把亚硝酸盐与钙联系起来，甚至直接拿癌症吓唬你；事实是好些人不买账，仍好这口，照吃不误。这大概又是一件更无理的事情。

夏至秋，青菜不过冬。我见过的过冬的青菜是一种叫"菊花蕊"的菜。不过，菊花蕊棵不大，矮，生长慢，好像整个冬天就蛰伏在地里，不见长。春到，阳光好时它才猛长，只是生长期又太短，不出一个月，开花也便老了。菊花蕊成不了气候。不过冬的青菜自然要砍了的。一时哪能吃那么多的青菜，腌水咸菜几乎成了村民们唯一的选择。

砍下的青菜要晒一个太阳或者两个太阳。一个太阳就是晒一天，两个太阳自然就是晒两天。用来做腌菜的多是名叫"高梗白"的青菜。高梗白梗长，叶也阔。晒它摊放在竹笆上最好，透气，干净，少有牲畜糟蹋。菜多时，没有更多的竹笆，青菜就摊放在院子里地上晒，有时，干脆就摊放在菜地里晒。深秋的阳光很忙。新砍的青菜要晒，冬天的棉衣要晒，登场的稻子也要晒。一两天之后，原本高耸挺拔的青菜便蔫了，没了精神。晒菜是为了去水分，也是为菜缸能有更多的空间好放更多的菜。

村民家里有两口缸，一口是水缸，盛吃水用的；另一口是咸菜缸，当然是留腌咸菜用的了。

腌菜简单。将晒过的青菜晾干水分，码在咸菜缸里。码一层菜，撒一层盐。盐要大盐。粒大如豆的那种晶体颗粒状的盐，村民们叫它"大盐"。在村民的意识里，大盐腌菜能腌透。虽说菜已晒过一两天的太阳，梗和叶仍多支棱着。为使腌菜更密实，村民们会选一块数十斤重的青石压在缸口。当然，码菜的时候，其菜的高度是要凸出缸口的，因为不出十天，随着盐分的浸入，借着石头的压力，凸出缸口外的青菜自然便会凹陷下去的。这样的生活经验村民们人人懂得。

腌好的水咸菜是村民们一家冬天的主菜，是村民们早晚的主打菜。从缸里捞出一棵水咸菜，切碎，浇几滴麻油，拌点芫荽，与青菜做的菜挫子差不多。虽说水咸菜没有菜挫子的青艳，但它通体晶莹透亮，脆嫩可口，也好吃。

"水咸菜烧豆腐——有言（盐）在先"，水咸菜本身就是咸的。俗语里有民情，也有食情。水咸菜烧豆腐的确是江淮一带人家餐桌上常吃的一道菜。家乡还有一句俗话，"青菜豆腐保平安"，这里的青菜也包括水咸菜。意思有二，一是天天吃青菜豆腐，崇尚素食，健康养生，身体会好；二是过纯朴节俭的日子，好生活才会长久。食言有大义，使我们对"青菜豆腐"刮目相看。

只有到过节的时候，或者家里来了尊贵的客人，才会烧鱼、烧肉。其实，鱼不会多，肉也不会多，里面掺的水咸菜才不少。

水咸菜离不开水，这"水"就是咸菜缸里的卤汁。到了春天，这浸在缸里卤汁中的水咸菜就会发酸，这时就要捞出水咸菜，拧干卤汁，我们称为"打把"，之后就做霉干菜了。此时，新的一年又开始了。

霉干菜

　　我早年迷恋诗歌，写过一首叫《霉干菜》的诗。诗以物喻人，写妈妈。至今记得诗中的一些句子。"注定辛酸一生的植物，注定凄苦一生的植物，当吊金钟优美的歌声从田野传来，从村庄传来，你哭泣在三月的一排排竹篱上，就在这酸酸咸咸的氛围之中，太阳总是风不干你的泪。"诗最后感叹："妈妈，我不曾见过你青枝绿叶的模样啊！"

　　当妈妈成为妈妈时，当我们真正读懂妈妈时，我们大了，妈妈已经老了。妈妈自然有"青枝绿叶的模样"，是"青菜"时的模样，但我们哪里见过。

　　春始，从缸里捞起水咸菜。将水咸菜打成把是为了尽可能多地拧去卤汁，把所有的水咸菜放在锅里煮，捞起，晾在外面晒。水咸菜滴着水，"哭泣在三月的一排排竹篱上"。"风不干的泪"

是盐霜。失却所有的水分，霉干菜形容枯槁。叶黑，茎黄，一缸的水咸菜晒过之后只有原先重量的几十分之一。霉干菜不漂亮，霉干菜很丑。我们便把这很丑不漂亮的菜叫"霉干菜"。几个太阳之后，我们把霉干菜从竹篱上摘下来，装进干净的袋子里，放在广口坛子里。春耕了，春种了，外面有一个硕大的春天，外面有一大堆的农活。

饥春，正是青黄不接的时候，吃饭都成了问题，哪有闲钱买菜？霉干菜成了春天村民们餐桌上的主菜。霉干菜要先用水泡，让它尽可能多地吸收水分，涨开。吃它多是在锅里炒一下。霉干菜黑、褐，色汁过于沉闷。人们会想着在霉干菜里多加些白色的蒜瓣和红色的辣椒，或是加上黄色的姜丝与绿色的葱。春天农活紧，就连这一盘简单的炒霉干菜人们也不会去花太多的时间。一般人家只是把霉干菜切碎便行，有麻油的滴几滴，散点香味，那就已经不错了。

我邻居姓姜。他家孩子多，家贫。姜家最小的孩子跟我同岁。小名叫"小狗子"，属狗的。小狗子喜欢"遛门子"，端个碗老是朝我家跑，跟我说话。他的碗里只有一根菜。一根细长的叫水泡过没有切碎的霉干菜。小狗子吃饭时只是在那根霉干菜上嘬一口，并不见他咬多少。一碗饭吃完了，他的那根细长的霉干菜并不见少似的。

想起一则笑话："看咸鱼下饭"。古代一户人家，家贫无菜，爸爸想着在桌子上方挂一条咸鱼，让家人吃一口饭，看一眼咸鱼。大儿子多看了一眼咸鱼，小儿子不依，向爸爸告状。爸爸安慰小儿子："让他看，齁死他！"

笑话不当真。小狗子比古人看咸鱼下饭要好得多，因为，他毕竟能嘛到一根实实在在的霉干菜了。

俱往矣，浸泡在霉干菜里的那一段"辛酸、凄苦"的岁月已逝。

我读师范那年，刚刚恢复了高考，我有幸成了第一批恢复高考后考上的师范生。那是个百废待兴的年代，人们的精神面貌有了很大的改变，但人们的物质生活一时没有多大变化，依旧贫穷。父亲知道我饭量大，能吃，食堂供应的饭菜不够我吃的。每隔一两个月，他都会托人带两样东西给我。一样是炒面，一样就是霉干菜。下晚自习的时候，我便会悄悄嚼一根用开水泡过的霉干菜，冲一碗炒面充饥。现如今，散发在空气中炒面的焦煳味和霉干菜的干香味，仿佛常能嗅到，经久不散。

第四辑：乡之味

接 晌

古语云，"三茶六饭"，要是算上这"三道茶"，秋李郢一日真的有"六饭"了。"三茶六饭"有茶饭周全、生活富足的意思。这"三道茶"呢，却叫我品出了不一样的滋味。

想想，接晌差不多是上午十点多钟的样子，或者更晚些，离吃中饭还有点时辰。

这当儿有点"前不着村后不着店"的感觉。闲坐也不是，加之来的客人尊贵或是至亲，村民自是客气。自然有一番推辞。一方"不用、不用"地跟着摆手，另一方已从土瓮里取了鸡蛋在手，嘴里还一个劲儿地嘀咕："打个尖打个尖。"终究"客随主人意"，你坐着就是了，享受尊贵，不大的工夫，这接晌也便端上了桌。

接晌是"小吃"，秋李郢人也叫它是"早茶"。村民说"打个尖"，有先吃点垫垫底的意思。晌午中饭才算正餐。

其实，客人的突然造访是挺让主人措手不及的，没准备呀。只好先来点接晌，礼在先；也算是缓兵之计，至于正餐，再做打算。

"鸡三把，鸭半天，杀只老鹅不种田"，说的是杀它们脱毛所用的时间。真的没多少人家杀鹅待客，费时得很，就是你"不种田"，半日也未必能把鹅毛脱尽。杀鸡快，只是鸡已出笼，逮它也非易事。要是再借个操网差人到河里捕鱼，那可就更费时了。遇着家境不好的，坛里没米，还得到邻居家借米。客人吃接晌的时候，主人才好悄悄外出。

端上桌的接晌多半是"鸡蛋鳖"。水开，将鸡蛋磕破双手拇指甲掰去壳，小火，不到十分钟，舀出汤在早已放上红糖或是白糖的碗里一冲，再把两只或是四只鸡蛋鳖盛在碗里。

蛋白四周伏着，有软而嫩的荷叶边，在水中摆动，蛋黄居中鼓起，形似甲鱼，叫它"鸡蛋鳖"就对了。

"你家来亲戚喽!"秋李郢的孩子都会互相通报，声且响，有羡慕意。听到通报，刚才还在"躲猫猫"或"斗鸡"的孩子，忽然一下都静下来了，分辨一番，一旦确定是自家的亲戚，这孩子便飞也似的朝家跑。"有朋自远方来，不亦乐乎"，这对孩子是件高兴的事，有客上门家中自是热闹，还有，那接晌能少了孩子的吗？

为这，我像是掐准了时间似的，差不多在我妈把客人的接晌端上桌转身的时候，我也便气喘吁吁地进了家门。客人哪好意思独自享用接晌，嚷着"拿碗来"，要分鸡蛋鳖给我。我妈"识相”得很，她早已将我的一只鸡蛋鳖盛在了碗里。因为，我要是把食指放在齿间甚至嘴着流口水眼盯着客人碗里的鸡蛋鳖，那客人哪还能吃得下，于我妈也是件没面子的事。

不过，为这我常挨我妈的数落，她常用食指点我的脑门儿，或是佯装打我，骂我“没品”。

那是，小孩子都“没品”，还不是妈妈给惯的。

其实，我们在“躲猫猫”或“斗鸡”的当儿，哪一天不都眼瞄着村口的呢？瞄着村口的那条小路呢？希望小村有人来，希望小村有更多的外来讯息。

现如今，我早已从村口那个叫我望瘦了的小路走了出来。回过头来，当我真的知道自己“没品”的时候，我妈已老了。那天我提及接响的事，我妈笑。说我没一天“正经”的。

那会儿，我妈常常为我做鸡蛋鳖。这一天一天“接”着的，是妈妈一生的爱。

夜顿子

一日三餐难以维系的饥馑日子，说"夜顿"奢侈那是低调得很。秋李郢有更俗更狠的说法，叫"做梦相屁干吃"。这话有点绝。不过，夜顿还是有的，但吃无妨，只是要有充分的理由。

秋李郢的秋老五便吃了"不知好歹"的亏。

夏收时，秋老五在河里洗澡不经意逮了条红鱼，有二三斤重，碰巧的事。正是秧季，针也插不进的忙，白天没工夫顾及那条鱼，夜起秋老五才想到放在水缸里的红鱼。其时，鱼早已肚皮朝上，死了，一闻，似有臭味。那会儿没有冰箱，不食，弃之岂不可惜。

薅葱、起火，秋老五两口子倒来了兴致，煮鱼做夜顿。也该秋老五倒霉，这事被到外村喝喜酒夜归的李小七发现了：秋老五两口子半夜在家吃夜顿，煮的那条鱼，呵呵，有五六斤重！

也是，半夜谁家还起火做饭呢，多胀眼；还有，那飘散出来的香味，馋人得很，能瞒住人吗？

跟那条鱼一道被夸大了的说法是：秋老五这两口子怎么喜欢做"肉埋碗底吃"的阴暗事呢，没看出来呀，言外之意，是"人不可貌相"；还有，秋老家兄妹五个呢，家境都不是很好，你秋老五有钱不派去帮衬点吗；更要命的是，秋老五爹妈都在，那么大一条鱼就你两口子夜里偷着吃？啧啧，啧啧，不孝的东西！

秋老五苦不堪言。谁让你没"正当理由"吃夜顿的呢。

我也真算上是个小人精，七八岁便明白了吃夜顿要有"道理"。因为我在午季农忙的时候，常常理直气壮地到队里蹭夜顿。

那会粮食金贵，吃顿纯米饭都很难。队里农忙时的夜顿自然是纯米饭。夜顿是为乡场上脱麦粒村民准备的。我们小孩子就在乡场上做些抱麦个子（成捆的麦子）、拎马灯之类的事。都是村上的孩子，都想让这些孩子吃顿饱饭，队长自然也就睁只眼闭只眼，再说，小孩忙到半夜一工分也不记。只是夜长难熬，不到半夜十二点的时候，大多数孩子便在草堆根下睡着了。东一个，西一个，跟麦个子似的。一觉醒来，天已亮，早上没精打采溜回家去，把山芋稀粥喝得"哗哗"直响。后悔死了。

上下眼皮打架的时候我挺了过来。夜顿好了，村民人人手里都拿着两只碗，一路丁丁当当敲碗声，透露出村民们心中的兴奋，也像是为乡村寂寥的夜色镶了道花边。

其实，夜顿只是一锅白米饭，外加一锅青菜汤。仅此而已。

做夜顿是看人下米。这吃夜顿就要有讲究了。妙处就在你第一碗别盛太满，第二碗盛的时候就要"堆尖"了，因为你再也不会有机会盛第三碗了；要是你太贪，第一碗盛满，吃饭费了时辰，没准第二碗也便没有了，哪里还奢望"堆尖"，还不一样后悔。我那会儿便知道了这吃夜顿的"玄机"，跟着"学坏"。这样的结果是，夜回，肚子跟小鼓似的，哪里消化得了，一打嗝，气味很是难闻。我妈说我吃"伤食"了，害得我几天茶饭不思。

于今，夜宵倒是可以无缘由地任意消受了。而我，却是从来不敢放纵，因为，我一吃夜宵便会反胃。我猜，这都是小时候吃夜顿"伤食"给落下的病根。

韭菜豆

早韭晚菘，是说春韭和秋后的大白菜好吃。其实，吃晚菘时的霜下韭也好吃。"九月韭，佛开口"，韭被出家人视为荤腥，能让"佛开口"，韭美味的诱惑力没人怀疑。

渐冷，霜至，一场冻，原本精神抖擞的韭便"瘫"了，色汁青艳的韭像浸了墨，软塌塌的，炒也不脆，吃时泛香。无奈，上冻前，也只能忍痛割爱了，将这一畦韭全割了。

大白菜能冬藏，韭不能。没有人能一下子吃一畦韭，韭做韭菜豆是最好的选择。

将韭轻晒，去露去霜便行。这样盐出来的韭卤汁不多，色汁鲜嫩。晒久便"老"了，吃时不脆。理韭菜是个慢活，也是个细活，得耐着性子才是。剥去茎上最外层的的韭皮，掐去尖上的黄叶，一根根的从左手抽到右手，韭如梭，有依恋，也有不舍。

一地阳光，满院韭香。

这等让人怜爱有加的韭似乎没这么简单就打发了的。晒过理过的韭灰头土脸的，入水，一会儿便容光焕发的了。洗过的韭小晒一会儿，用刀切碎，便能和炒过的黄豆搅拌在一块腌韭菜豆了。

韭菜豆当然离不开豆。我始终吃不准我妈是何时炒黄豆的。不过，豆会叫，渐熟时响，在锅里蹦蹦跳跳地唱歌，再说了，那一屋的豆香，能瞒住谁。我猜我妈是不想让我们知道。那会儿豆金贵，哪舍得给我们多吃。我不听，到厨房抓一把豆便跑。其实，炒好的豆，妈妈就放在锅台上，我入屋时她是故意背过身去的，待我抓着豆时她才转过身来，我妈再把那只拿着锅铲的手举得老高我还不跑吗？我傻呀？我只是后悔，猛抓，又一时心急，小手里并没有抓几粒豆。我歪着头在妈妈面前谝能吃豆。我极开心的样子妈妈佯装不看：你吃吧，吃多了会放屁。我不信。韭菜豆，连同这样有滋有味的生活场景一直映在我的记忆里。

一层盐，一层韭，一层豆，细密密地在小口坛里摁实。讲究的也放些姜米或是姜丝，也有放椒丝的，红辣椒丝最好，还有放萝卜丝的。将坛封口，不出一周，韭菜豆便腌好了。

韭菜豆是秋后的当家小菜。生吃，每餐前到坛里抓一把就上桌了。当然，要是在出坛的韭菜豆上滴几滴香油，那味会更妙。出卤的韭菜豆光鲜好看，韭新，豆黄，椒红，姜嫩。韭鲜凉可口，豆绵软清香，椒青脆微辣。这等可口也不容你放纵海吃，咸，辣，还有豆，你囫囵吞枣的，怕是也品不出味呀。没有人把韭菜豆只当作小菜，佐餐时只一韭菜豆足矣。新米出，煮粥，煮饭，搛些韭菜豆放碗上，下饭，一顿饭能扛三碗。

猪血汤

这道菜一点也不恐怖，相反，却有着无比的温情。

天冷，年近，收成好，杀头年猪过大年，那是美事。晴天，选个逢双的日子，请来杀猪的，遇着亲朋："喝猪血汤去。"

亲朋明白，这"喝猪血汤"也有来帮忙的意思，还有道喜凑热闹的份，再者，"猪血汤"这道美味大餐谁又想放过呢。

女人帮着扯草、烧水，男人帮着劈柴、逮猪。那阵惊悚的嚎叫声渐小，盆里放有盐水的猪血近溢，小心端开，少顷，杀猪的用刀在盆里划"井"字。这当儿，便可以把这盆猪血放锅里"紧"了。"紧"就是把整盆的猪血放热水里凝固。

你得佩服杀猪的那口气的，为猪脱毛的当儿，在前蹄处划个小口，捅一下，能把猪吹得滚圆。这自然好打理，猪身上白白净净，不留一根毛，跟男人刮胡须要鼓起腮帮子一样。我们守着不走，也是想借这口"气"把猪尿脬吹大了玩。当然，在杀猪的吹气的当儿，我们早就把玉米粒准备好了，央求着放进猪尿脬里。然后，用线将一头扎牢，一人牵着，这只装有玉米粒带响的猪尿脬后面，会跟着一群小朋友在踢。

划过"井"字的猪血"紧"过之后便是一块一块的了。割块肉，肥的要多，切了在锅里炒，放上葱花、姜，大方的也有将煮好的肚肺一块放锅里烩。人多，大白菜要猛放，锅开时将猪血切片放入，大火，香溢，猪血起泡时，这一大锅"猪血汤"便好了。

"紧吃紧添"，一道菜下酒忙坏了上菜人，得不停地盛菜才是。其实，女人在上菜的时候，他们早就将猪血汤盛了放在锅台上吃起来了。是那只带响的"玩具"坑了我们，天黑，大冷，兴尽，回来时人已近散，锅里肉已无，我们真的是只能喝点"猪血汤"了。

"临行喝妈——嘱——一碗酒"，一个饱嗝，词便断了，这现代京剧也唱不了几句。总有人醉，一旁的女人早就来了守在这儿，不一会儿，便各自扶着自己的男人回家去了。杀猪的喝多了就后悔了，辛苦了一下午，那原本准备好算是工钱的那吊肋条肉，放在案上忘了。第二日酒醒遇着家主：下次再到你家喝猪血汤去？不知是家主装憨，还是杀猪的不好意思说，那吊肋条肉却是没人提起。

《礼记》上说的"饮其血，茹其毛"一定是有猪血的，只是这血里粘着毛不好，不讲卫生。春秋战国时盛行的"歃血而盟"的前提是这血得能喝才是。我曾琢磨过，中国是陶器之国，"血"

是指事字，那最初器皿所盛的便是血。要不然"血"字会是"皿"字上多一撇？那一撇是指事才是。那喝血该有多普遍呀。

血不只是指勇气和力量，血也有营养。按照"以形补形"之说，血具有补血之功效。红血球是血的重要组成部分。孙中山在 1896 年说，食猪血"有病之人食之可以补身，而无病之人食之亦可以益体"。"西人鄙中国人食猪血，以为粗恶野蛮者"，这让孙先生不好理解。

每隔一段时间，爱人都会想着烧猪血汤。后来我知，猪血可以除尘。我做过教师。不想，这一道温情的猪血汤里，还有着暖暖的爱意。

豆腐渣

"男人四十一枝花，女人四十豆腐渣"，意说女人四十显老。话糙，好一个恼一个。男人听了心里喜滋滋的，女人听了没准儿会悄自对着镜子端详半天，脸露愠色。

豆腐渣不紧致，水分少，品相不好看，那是真的。俗话不好听，有人不爱听。还有"豆腐渣工程"，明明是自己做不好事，却去坏豆腐渣的名声。

豆腐渣也有叫"雪花菜"的，这名字好。

豆腐渣作为做豆腐的"下水"，确是不错的小菜。

单位对门的小巷里有一家"小菜香"的早点小吃铺，小吃铺有免费的各式小菜。每天盛在小盆的炒豆腐渣，都会被食客们吃个盆底朝天，勺在盆底舀出声响。听到响声，服务员不用看，就知道是豆腐渣没有了，转身吩咐厨房：再炒半盆！其时，大厨也无需多问炒什么的，不出五分钟，厨师出来了，端上来半盆豆腐渣。

细看，“小菜香”里所有的小菜中，只有炒豆腐渣是用小盆装的。

炒豆腐渣是一道农家土菜，土得掉渣。其做法也简单得很，无须消费你的厨艺。放上油、盐、辣椒、葱、姜、蒜，炒好便成，因其水分少，炒时还可多放些菜叶、芫荽。纵是如此，炒出来的豆腐渣仍不成形，一盘散沙状。

这不影响食客们对豆腐渣的喜爱。入口，豆渣们迅速在口腔里四散开去，侵占了你口腔里的各个角落。我常常将嘴巴抿上，怕这些豆渣们从齿间逃脱似的；不喘气，唯恐浓郁的豆香会从嘴巴或口腔里散发出去。然后，喉结上下一动，口腔里所有的豆渣都叫吞咽进肚里，全盘照收。豆渣粗粝，滑过喉尖，食道跟着互动起来，感觉它们是排着队一粒粒从食道穿过。

吃豆腐渣用筷子不是好选择，搛不到，还是用勺子好。仰起脖子，一勺一口，吃着过瘾。这种海吃胡塞的吃法，难怪“小菜香”要用小盆装豆腐渣。

“世上三样苦，行船、打铁、磨豆腐。”拉纤我见过，逆水行舟，背纤的腰几乎贴着岩面，号子连山响，汗水随波流，苦是见得着的。打铁抡锤一敲一打一刻不息，凭的就是体力。磨豆腐之苦不是所有人都知道的。

张婶住在我家隔壁，她家每天做豆腐。张婶白净，不丑，有点“豆腐西施”的样子。做豆腐要经过泡豆、磨豆、吊浆、点卤、烧浆、压榨等多种繁杂的工序，为此，张婶岂止是半夜起身，有时是一夜不眠。天一亮，便有人上门买豆腐了。张婶家的豆腐根本不需要挑着担子"豆——腐——呦——"遛巷叫卖。

水豆腐好，热豆腐更好。食者恋其鲜，卖者惜其嫩。老豆腐失去的哪里只是水分，是斤两，是水豆腐换来的黄豆和钱。做豆腐如此繁杂辛苦，张婶是没有精力再打豆腐渣的主意的了，将豆渣三文不值二文地卖了，五斤豆渣也不值一斤豆腐钱。这让食客们钻了空子。我小时候知道，到张婶家买豆渣，一定是要早起的。

韭菜炒豆腐渣，也是常见的家常菜。豆腐渣还可以做馒头、做饼。有资料显示，豆腐渣可以防便秘、降血糖、降血脂、减肥，因豆渣里面含有大豆异黄酮，还有抗癌作用。这些，怕是食客们自己也没有想到的。

油　渣

　　我以为，油渣香味无敌。

　　小的时候，我喜欢看妈妈熬猪油。买来的猪板油切成寸方，放锅里熬。油出，在板油间沸腾。为了将板油里的油脂尽可能地炸出来，我妈还会在油锅里加半碗水。高温的油遇着水了，真的像炸开了锅，香味随着热气"腾"地弥散开来。我在这腾起的烟雾中闭上了眼睛，深呼吸，尽情地享用猪油散发出来的浓郁的脂肪香味。妈妈把锅里的猪油盛出来，装在油罐子里。熬过油之后，剩下的，便是泛着淡淡焦黄色的油渣了。

　　其实，我这样赖在厨房里不走是有心思的。妈妈看我眼盯着油渣不放，自然明白。她是早有打算。我心急呀，哪里把持得住。我妈刚把油渣盛到碗里，我便"嗖"地捏一块油渣在手。动作如此迅速，我是怕我妈看见，再者，也是因为油渣刚出锅，太烫。这么烫的油渣我自然不好一口吞下，把油渣叼在口中，背过脸，嘴里"咝、咝、咝"地吹气。如此声响，我妈能不知我"偷"油渣？她是佯装不知罢了。我心里的那一点"小九九"，逃不出我妈的眼睛。有时，我妈看我偷的油渣块大，太热，"咝、咝、咝"地在原地打转，实在是憋不住了，便"扑哧"笑出声来。就在她用围裙去擦笑出的眼泪之前，迅即拨几块油渣在小碗里，碗朝我面前一推。我觉得幸福无比。

熬油的时候，我妈就把那只碗放在锅台边上了。

剩下的油渣妈妈会盛在一只广口玻璃瓶里，留着日后做菜。

刚出锅的油渣外焦里嫩，嚼一口，牙齿间浸润出细细的油脂，让整个口腔充满了脂肪的香味。加之拌有些许的白糖（这不用我操心，我妈事先已在碗里放上糖了），油渣白糖，在往年贫瘠的岁月里，其香味给我的印象是刻骨铭心的。

一整天，厨房里的香味不散。晚上睡觉时，我甚至连手都不洗。小手放在鼻子边上，去闻留在上面的淡淡的油香。整个晚上的梦里，似乎都散发着香气，仿佛我的整个童年，都笼罩在这淡淡的油渣香味里。

荤素搭配，是厨房定理之一。油渣也算是道荤菜，我妈会用它烧豆腐。豆腐白，油渣红，小葱青，色香味占尽。油渣烧丝瓜也是不错的选择。碧绿细长的丝瓜上，着几朵褐红色的"花朵"，原本一道极平常的家常菜，因着油渣的点缀，显得生动无比。

过节的时候，我妈会把油渣剁碎，放在切碎的韭菜里做成馅儿，包饺子。有客人来，我妈还会用油渣烩大白菜。汤汤水水，有荤有素，客人觉得可口，也让主人不失面子。

广口瓶里的油渣并不多，妈妈节俭，仿佛那只瓶也没空过。妈妈的厨艺尚好，又间或有了油渣们做食材，我们家的日子过得总是有滋有味的。

"有油渣吗?"

"没有。"

说来也怪，每次到餐馆吃饭，点菜的时候我都会问一句；服务员先是一愣，算是想一下，然后眼望着我，挺没劲地来一句。

缺油少粮的岁月不再，现在，没多少人熬猪油了，哪里还有多少油渣呢?

想想也是，油渣含有多种饱和脂肪酸和不饱和脂肪酸，对于肥胖和高血压、高血脂的人来说，少吃无妨。

油 条

　　小时候听过一个故事：有一卖油条的挑着担子吆喝着遛乡，一少年出门见到他，与他打赌，说我能吃二十根油条。小屁孩，吃多了腻死你。卖油条的不信。你要是能吃二十根油条，油条钱我分文不收。少年吃过十根油条之后，佯说我回家喝口水再来。少年进屋，一会儿出，果然又吃了十根油条。卖油条的傻了。

　　谜底揭开，少年是双胞胎，家里还有一个跟他长得一模一样的弟弟。

　　每每听过这个故事，我心里都会想，家里要是有一个双胞胎的弟弟就好了。

　　我们叫它油条，河南人叫它"油馍"，闽南人叫它"油炸鬼"，安徽人叫它"油果子"，浙江人叫它"天罗筋"。天罗就是丝瓜。丝瓜老成"筋"了酷类油条。这名字贴切，形象。上海人把它与大饼、豆浆、粢饭团当作是早餐的"四大天王"，其中油条和糯米制成的粢饭传至香港。

天南海北，吃油条者甚众。油炸食品不健康。吃多了会得癌的。吓唬谁呢，依然有人不买账。

家乡有一个"泗州饭店"，我常去那里吃早餐。"黄狼钻单被"我是必选的。"黄狼"就是"黄鼠狼"。油条细长，其身段和色彩像黄鼠狼。"单被"就是千张。说白了，"黄狼钻单被"就是千张裹油条。

这有点像杭州的"葱包桧"。"葱包桧"是薄饼卷油条和葱段，其不同之处是食"葱包桧"会蘸甜面酱和辣椒酱的。"黄狼钻单被"不用。新出锅的油条脆香可口，千张淡淡的豆腥味也真实讨喜。一手一杯豆浆，一手拿着"黄狼钻单被"，边走边吃。既然生活节奏不慢，餐饮速度就要跟上。油条深谙此理。

"青山有幸埋忠骨，白铁无辜铸佞臣。""葱包桧"里的"桧"明明是人却说成了油条。每次到杭州游玩，我都会到栖霞岭的。秦桧等塑像反剪双手，赤身长跪于岳飞坟前。他们对卖国贼秦桧恨之入骨，把面团做成人形，入油锅炸之，炸油条取名"油炸桧"。我们这里也有叫油条"油鬼"的。"鬼"字更有情感色彩。在我们当地的方言中，"桧""鬼"谐音，叫油条"油鬼"，怕也是浸染了这样的爱国情怀。

我所想的是，吃油条沾染了"政治"情感，吃它时，一个"秦桧"在口，该不会影响了我们的口味？

关乎"政治"最大的餐饮聚会是吃"忆苦思甜"饭。饭前背一段"最高指示"，乐起，然后齐唱："不忘阶级苦，牢记血泪仇。"

痛苦状、悲愤状、沉思状。仪式感强，参与者众。

油条不只是早点，它也是做菜时不错的食材。最常见的就是丝瓜烩油条。

新炸的油条是没人拿它做菜的。做菜用的都是老油条。吃剩下的老油条疲软，口感差，扔了终究不舍，浪费粮食，做菜吧。丝瓜烩油条，烩时放些木耳、虾米、蘑菇尤佳。油条黄，丝瓜绿，木耳黑，蘑菇白，虾米红，色彩好看，有化腐朽为神奇之功效，充满生机。

从早点到食材，在当前反对铺张浪费的形势下，油条像是做了表率。如此说来，油条始终是"讲政治"的。有意思。

"荷为贵"

昨天到一家小餐馆吃饭，一道名叫"荷为贵"的主食让我开眼开胃。

"荷为贵"是一道糯米饭。糯米饭是蒸出来的，里面掺有酱排骨、火腿、糖樱桃、豌豆等食材配料。糯米晶莹剔透，排骨鲜美软嫩，食材本已极好，因为其"碗"，香味大增。最后我是捧起"碗"，把脸贴在里面，黏在"碗"上的最后一粒米也叫我喊进嘴里，举止夸张，甚或想把"碗"都一块儿吃了。

"碗"是一张干荷叶。我之所以把脸埋在"碗"里，是在深嗅荷叶散发出来的清香，虽说这清香已浸入了"荷为贵"的饭里。美食让我们的味觉兴奋，却也让我们的嗅觉跟着痴迷，最后连"碗"都想一起咽进肚里的，舍荷其谁。荷香无敌，让我贪念不已。

"出淤泥而不染，濯清涟而不妖。"荷干净，高贵，成为世人雅谈。叫人想不到的是，它一生与美食脱不了干系。根为藕，茎可食，子成莲。

叶也是甘做"绿叶"，为主食捧场，甚至牺牲自己。荷香缭绕，真乃食界贵人。

叶为纸。"猪头肉——猪头肉"，"累手，来半斤"，手起刀落，卖猪头肉的将肉在案板上切成细片，刀搁肉下一撮，猪头肉又齐整整地码放在干荷叶里了。买者付过钱，捧荷在手，嗅一下，香味难敌，禁不住捏一块，放进嘴里。食毕，再捏一块入口。常在老城区小吃摊路边发现沾有油光的干荷叶。难怪卖猪头肉的没有将肉包裹起来的。我父亲常用干荷叶包桃酥、油果之类的茶食，包裹好的茶食呈立体梯形状。我围着茶食转悠，隔着荷叶，我还能嗅出哪包是桃酥，哪包是油果。我小时候就想，父亲的包裹手艺真好，严丝合缝，竟然找不到一丁点的破绽。我心里的那一点"小九九"我父亲当然知道，其实也不用我有如此馋相，父亲早就为我预备了两块桃酥或是几颗油果的了。

叶为布，是笼布。笼蒸包子或是馒头要在篾层和包子馒头间垫层布的。这层布叫笼布，每蒸一锅，笼布都要拿下来清洗一遍，这样很麻烦。用荷叶当笼布不仅不用洗，出笼的包子馒头里，还浸润着一股浓浓的荷香。

我常想，现在餐桌上的"荷包蛋"只是假借了荷的名声，类似于生意上的商标"贴牌"行为，看不到荷的影子，甚至与荷无关。我们小时候吃过的"荷包蛋"才正点。

彼蛋非此蛋。我们说的蛋是"地蛋"，就是土豆。野地里，挖一个小坑，点着火，把地蛋包在荷叶里放火坑里烧。"荷包蛋"是我吃过的最早的"烧烤"，绵柔清香，也压饿，顶饱。浓浓的香气里，我们有时性急难耐，过早地从小火坑里掏出荷包蛋，剥开荷叶，外层的地蛋熟透了，里面的地蛋还生着。这不要紧，我们吃剩下的地蛋再用荷叶包上放火坑里继续烧。有时，我们也会用荷叶包鱼，甚至水蛇。鱼我们吃，百味盐为首，纵是鲜美，总觉过于清淡。荷包水蛇只是我们逞强，烧好了并不敢吃它。水蛇肉白嫩细腻，我后来在餐馆吃过。现在想想烧好的荷包水蛇肉扔了怪可惜的。恕我年少无知，我还吃过"荷烧鸡"的。我们叫青蛙"田鸡"。时至今日，我不再吃烧烤，不知是对自己吃"荷烧鸡"的惩戒，还是因为滥吃无辜想完成对味觉的救赎。

小 蒜

"小菜香"生意特别好。早餐主食跟别的店没有太大区别，所不同的是这里有十多种自做的小菜。小菜免费，自己挑。炒野辣菜、腌蒜头葱、韭菜豆、冬瓜酱豆，这些农家小菜有的我都好些年没吃过了。

"啊呀！啊呀——小蒜呀！"

早上，我正在吃饭，邻桌的一位老先生没有顾及别人的感受，也一定忘了"食不言，寝不语"的古训，大呼小叫起来。他在跟这些小蒜们打招呼，像是久违了的朋友，见着了，显得十分地亲切，进而激动起来。

小蒜山地里多，又称"山蒜"。因其春绿夏熟，也有叫它"夏蒜"的。其实小蒜的叶是封闭的，圆柱状，细脚伶仃，极苗条，更像微缩版的葱，叫它小葱才对。南方人称它"野葱"，我觉得这才名正。

我差不多每天都去"小菜香"吃早餐。老王调侃:"你家锅叫驴踩了!"同事,说话直,她以为我懒,不早起做饭。我自然不在意,嘿嘿一笑,打个马虎眼,算作答。她是有所不知,我去"小菜香",也多是冲着小蒜们去的。腌小蒜成了我早餐的首选小菜。茎绿、梗白、鳞球小、蒜香、麻油香,啧啧!啧啧!馋人呢。喝粥、吃饼,撩两筷小蒜,下饭,得味。主食似乎也不重要,小蒜们才是主角。面对这一小盘小蒜,心底虽有波澜,只是我把持得住,低调,不言语,喜欢搁心里,不张扬叫出声来。

小蒜炒肉丝,是一道极好的家常菜,肉里浸着淡淡的野香,既营养又好看。将小蒜切碎,放些肉末,配上葱、姜等佐料,做成馅儿,包饺子、蒸包子也是讨喜的食材。清炒小蒜简单,将洗净的小蒜切成段,大火,只消在锅里翻两个身,走个过场,一盘清炒小蒜便出锅了。一清二白,青艳鲜嫩的小蒜叫你不忍下箸。

原本野味十足的小蒜,作为食材,它却显得很雅致,也有文气。更多的时候,人们把它挖回来,洗净切碎,腌在小坛子里,把它作为农家的当家小菜。家家都腌有一坛小蒜。紧收午季慢收秋。夏天,午季到了,人们没有那么多的闲工夫,去琢磨小蒜怎么个吃法。这倒好,一坛子的腌小蒜作为小菜,甚至餐桌上的主菜,能吃上一个夏季,甚或一年。

《别录》称小蒜"辛,温,有小毒"。小蒜可入药。小蒜鳞茎细小如薤,入药称"薤白"。小蒜具有通阳散结、行气导滞的功效。我们家的菜地里种有一小排小蒜,平日并不吃它。我尚小,记得那会儿蚊子或无名的小毒虫老是欺侮我，叮咬我之后我是又哭又闹。这会儿，我奶奶便会挪动小脚去菜地了，将薅回来的小蒜在嘴里嚼碎，敷在红肿处，抱起我四处晃荡，说着"蚊子是个大坏蛋"之类的话哄我。蒜香中我渐渐入梦。不知是奶奶的温情感化，还是小蒜真有药用，不出一天，创处便不红不痒了。后来，我在《食疗本草》里找到了答案，小蒜"去诸虫毒"。只是，小蒜所附着的亲情和乡情，不是所有的人都能品尝出来的。

治　客

"舅老爹来啦——楼上请!"

那天我到秋李郢出礼,一个远房侄儿结婚,席间刚一坐定,就听到楼下治客在叫。

侄儿家有两层楼房。宴席就设在家中,楼下放四桌,楼上放一桌。楼上一桌是主宾席,留给贵宾或者家中至亲长辈坐的。听到叫声,我这才发现,靠近家堂面朝外的"上席"是空的,原来是留给"舅老爹"的。

"舅老爹"是老娘舅,威望高,有话语权。一家人都得看他的脸色,别惹他不高兴。这一点,操持整个婚礼饭局的治客自然小心。他一面吆喝,一面亲自在前面带路,引舅老爹上楼。如此礼遇,舅老爹心生喜悦。他刚一落坐,治客的又转身下楼,问记账的舅老爹是否出了礼、记了名姓,如一时还没上账,便要吩咐记账的把礼簿的第一页给空出来。这第一页的礼簿也如同席间的上席，是留给舅老爹的。治客的会考虑把客人安排妥当，不能出半点纰漏。

乡下宴席多在家里操办。家里地方小，也放不了几桌。出礼人多，自然坐不下，多摆"流水席"。自晌午始，一直摆到夜间不息。这么多人吃饭，总得有人操持才是。"治客"就是操持这场饭局的主事。

流水席如流水。然而，谁都想坐头幕席，早吃，尽享口馋之福，一旁等待总有尴尬，饥肠辘辘难忍，菜香酒味也诱人垂涎。往往人多位少，引起座席争抢也是常有的事。调停此事颇难，也最能考究治客的能耐。治客的腿快，嘴勤，眼也活络。他会安排年老者、外地客人、尊贵客人坐头幕席的。当然，席间遇有生面孔，治客的也不会忘了向主家了解此客的身份，好做出妥当安排，免得有所怠慢。没有坐上头幕席的人总是不悦，治客的就一一递烟，一面扮一张笑脸说着"人多包涵"之类的话，一面让人安排给客人倒茶。这会儿，治客的像是自己做错了事似的。

治客不只治人，也管菜。菜品格局治客的要拿主导意见。几荤几素，几炒几烩，双鱼双肉，红肉还是白肉，甚至肉里要垫多少粉等主家也多与他商量。治客的听听主家的意见，其实，也多是治客的尽了礼数，主菜单多半还是治客的自己作主。主家的家底是否殷实他都了如指掌。不过，鸡鱼肉蛋这些大菜是一定要有的，荤菜也不能少。玄机就在这粉上。"十碗大菜九碗粉"，要是家底薄，做菜时就多用熟粉块垫底。比如在粉块上放几片红烧肉片，那这主菜就是一道红烧肉，在粉块上敷些鸡丝，那这道主菜就是鸡。这垫底的粉块多少也多靠治客的自己拿捏。自然，他也会把这商量好的结果跟锅上的大厨做个交代。

"油着——油着！"

大菜上桌治客的也不消停，他扯着嗓子喊。食客一听"油着"，也顿时来了精神，都知道肉上来了，叫人避让，小心碰了碗，油沾着衣服。其时，人们也多循着治客的喊声，举箸等待，往往肉一着桌，七八双筷子一同伸出碗里。这也是治客的想看到的局面。要的就是热闹劲，哪里只能闷头吃饭喝酒。

席散，治客的多是盛一碗粉汤，在一边扒几口饭了事。他又累又乏，嗓子起火，一天的流水大宴，场面属于食客，自己倒是没时间动一下筷子。当然，主家不会忘了揣两盒烟在他衣袋里，算是对治客的犒劳。

帮　厨

"二婶，打牌吗?"

"不喽，有人请我到乡下帮厨呢。"

那天听到社区有人对话，一想好些年没人提及帮厨的事了。

帮厨好理解的，就是在厨房帮助打下手的人，做些理菜、洗菜等厨间杂事，资深的帮厨也兼厨房红案白案。

早年，乡间遇有红白喜事，宴席都搁在家里，外面搭个棚做作场。大厨要请，帮厨不用，不请自来，多是亲朋邻里。帮厨是我所知道的成规模有名分的秋李郢志愿者。叫你想不到的是，无须招呼，一下子能来十多个人。

帮厨自我分工，自我调节。没菜切了，就想着菜没洗好，那去洗菜便是；菜还没理呢，那就理菜好了；装菜的盘子没了，是没洗呢，还是从桌子上没撤下来，帮厨的自会操持。当然，抹桌子、搬凳子、端盘子、摆杯盏等席间之事也是帮厨们做的。

"手拿红纸链——照照新娘面——好!"

红事,热闹。"闹新娘子"的节点处,带头起哄的往往是帮厨。他们放下手中的活计,拥到新娘房门口。一人闹,上句出,众人和,并齐声道"好"。

秋李郢的李六婶是"厨头"。人们多叫她六婶。她是见多识广,在帮厨间有影响力。主家惧她三分,却也敬她三分。领头道"手拿红纸链"的多是六婶。她一出场,所有的帮厨还不都上呀。有人嚷着要新郎散烟,有人嚷着要新娘点火。紧接着,席间所有的人都会朝新娘房拥的,里里外外挤得水泄不通,大呼小叫,席间盛宴改作洞房"闹喜"。看到如此场面,主家自是心喜。看效果已出,不一会儿,主家自会向李婶耳语。李婶撤,所有的帮厨跟着散去,食客们哪里能翻天,不多一会儿,也都回到席间,继续喝酒。当然,主家会在李婶等帮厨们的衣袋里揣些手帕等"争喜"品,息事宁人。"争喜"有理。要不,上"大菜(肉)"的时候会出洋相,所有的帮厨不端盘子。坊间的这个"潜规则",帮厨的懂,主家也懂。

白事不争喜,李婶也率众帮厨帮忙。行孝或是出棺的时候,家人哭丧,六婶等众帮厨也一样流泪号啕。气氛出来了,也为主家增了面子。虽说丧饭简单,席间划拳行令把盏喝酒也并无不妥。宴席程序自然不少,帮厨的也消停不了多少。

帮笑,也帮哭,帮厨们把乡间表情演绎得丰富多彩。

炒炸煎烹煮,滋味乡村,似乎是不属于帮厨的。我就没见过一次帮厨上过正席,甚或没见过帮厨们吃饭的场景。因为,食客们散了之后，帮厨还有一大堆的事要做。什么时候能吃上饭，都没有定数。

"客来我就走，客走我就来"，说的是抹布。帮厨是秋李郢老一代的"抹布女"，她们的无私奉献，使得乡间人的生活好像变得有滋有味。

秋李郢有多少帮厨，说不清楚。秋李郢人个个都是帮厨。想多了才明白，乡民一家亲，哪家没有大番小事呢，有事哪有不帮之理。

乡民深谙此道。

飙　酒

"飙酒了?"

"嘿嘿。"

平日有酒摊子还算能把持得住，也多喝点黄酒、米酒什么的，烈性酒喝得少，多是尽兴为止。那天和几个文友从"小菜香"喝酒归，见我满脸通红，知道我酒喝多了。爱人数落我充能，不应该和别人飙酒的。"小菜香"是我们公司对面的一家小酒店。

飙酒如飙车，飙车是比速度，飙酒是比酒量。可偏偏这酒也如飙车的燃料，喝着喝着便提速了，那还不多?

"酒逢知己千杯少"，古训在此，文友也算是志同道合之辈，席间也少不了"闲征雅令穷经史"的一番助兴。王羲之曲水流觞不敢比，李白的斗酒诗百篇倒成了文人喝酒的借口。我们只是"众宾欢也"的百姓之乐，"觥筹交错，起坐而喧哗"那是自然。

无射无弈，更不会吟出《红楼梦》中薛蟠"女儿喜""女儿乐"的"黄段子"来。所剩多是斗酒虞肩，大口喝酒，大块吃肉，倒也快哉。

飙酒要讲"酒经"。"酒经"的核心内容成了彼此之间喝酒的理由。朋友自不必说，共同语言多，"酒经"不断。初次见面也无妨。"第一次见面"，总有人先举杯，成了喝酒的理由；一杯酒下肚，对方总不能失礼吧，举杯回敬，第二杯；"一回生二回熟"，一方又举杯，第三杯；"事事如意"，"事""四"谐音，第四杯。四杯酒下肚，酒酣脑热，也便成了朋友。接着有"六六大顺"的，喝六杯；有"十全十美"的，喝十杯；"干脆来一打"，喝十二杯。"酒经"越来越多。话题每每有了交集，便要举杯。比如同年龄，举杯；不同龄，小，那是"小弟有礼"，举杯；大呢，那就"苟长几岁"先有礼了，举杯。同乡的，要举杯；同校的，要举杯。讲"酒经"喝酒总是单调，也有遇着闷葫芦不善言辞的。捣杠子却是飙酒的不错选择。鸡、虎、虫、棒，鸡吃虫，虫蠹棒，棒打虎，虎吃鸡。喊前者胜。有动静才好，划拳！"哥俩好呀！"各自先道一声，然后手与手摸一下，算是握手打招呼，接着是"六个六呀""五魁首呀"，山呼海啸起来，好不热闹！

彼此喝酒只能算是"单打"，"团体"飙酒我见过"猜火柴棒"的。桌上几人，就允许拿几根火柴棒在手。每人猜一个数字，要是恰恰你猜到了，那你就喝酒，猜过一轮再猜下一轮，像我们小时候做丢荷包的游戏。

单位同事明亮，人都喊他"亮哥"。亮哥好酒，话痨子，也是飙酒的好手。他发明的"二灯"飙酒法叫人生怯。一是"探照灯"。他看，看你酒杯没干，非罚你酒不可。不喝他不依呀。其二的"吊灯"更可怕，就是把杯子倒过来吊起，滴酒三杯。要是超过三杯他就要"壶搞"了，小杯换酒壶。亮哥自己也不含糊，自己也跟着换壶，来个"感情深，一口闷"，双双一饮而尽。只是不一会儿，人还没离席呢，亮哥飙酒的"引擎"便熄火了，没了大呼小叫的声响。转眼一看，亮哥也趴在了桌子上，酣然入睡。害得我们常常背他回家。这倒让我们长了记性，喝酒遇着亮哥，也便少跟他飙酒了。

杠子面

"抬杠子"，词典解释是"争辩"的意思。其实，仅仅说"争辩"是不够的。抬杠子说话声响、硬、冲，也有钻牛角尖的意思。有人性格耿直，爱较劲，便称之是"杠子"。

杠子原本是木棍，铁实，硬。

这样说来，什么是杠子面我们就有了想象的空间了，根根能当鞭子使。煮出的面从锅里捞出，挑一两根在筷子上，面条一缩一扬，像蹦极似的，弹性特别好。杠子面极有嚼劲，要是你细嚼慢咽，一碗杠子面下肚，腮帮子会酸疼一天。

中国人都喜欢吃面，各地都有自己的特色面。淮安杠子面的特色就是硬，嚼劲大。

杠子面有此特点，没有秘籍，和面时少放水。水放太少不成团，水放多了软，不硬实。放多少水，厨间做白案的没有人去称面、称水，靠眼力，靠手感。经验是最好的师傅。

面成团，要醒，放上一些时间，让水慢慢浸进面里，在面里充分地溶解。之后是缠面，就是将面在案上反复地揉搓。醒一会儿，搓一会儿，如是再三。做杠子面考量更多的，是人的臂力和体力。厨间长年做白案的，个个都有铁实的臂膀，捋起袖子，肌肉一隆，伸出来都是条"杠子"。面硬，往往臂力不支，淮安人会想着在墙上凿个洞，把一根手臂粗的擀面杖（杠子）放洞里，一头用手下压，杠子面由此得名。虽说现在有了和面机，但淮安杠子面的老面馆里，和面都靠人工。他们担心和面机和出的面不劲道，砸了"淮安杠子面"的牌子。

下雨时，淮安有句俗语："老头不吃烂面条——又下喽！"又下雨了，意在后。烂面条是指一般的水面。其实，此句向前看，我们知道了当地人的口味，连牙齿不好的老头也不喜欢吃"烂面条"的。杠子面如此受淮安人的欢迎也便不难理解了。

杠子面加什么"搞头"自己选。"搞头"就是放在面上的配料。放几片牛肉就是"牛肉面"，放炒好的"猪腰"就是"腰花面"，放些肉丝、蘑菇、木耳就是"三鲜面"。还有"长鱼面""肚肺面""大排面"，林林总总，这些也只能在菜单上写着，或者印在纸上贴在墙上。多数食客也都是冲着杠子面去的，放什么搞头，倒少有挑剔。

那天我去一家"淮安杠子面馆"吃面。见有客来，服务员便捧了菜单过去：

"老板，吃什么面？"

"随便。"本是实诚话，放什么搞头倒也无所谓，你自己做主。

哪知服务员跟着来一句:"老板,没有'随便'。挑一样我好下单嘛。"看到客人不耐烦的样子,服务员似有嗲意。

果然,客人不喜欢拐弯抹角的:"好嘞,随便啦!"说后,客人自己想笑,服务员也跟着笑了起来。

看样,地处中国南北分界线上的淮安人,有着南方人的柔情,也有着北方人的率直。绵里藏针,不想,这样的性格,叫一碗杠子面诠释出来了。

在厦门博饼

中秋前后，我在厦门看不到秋天的影子，比天气更热的是厦门人对博饼的热情。

休假半个月，窝在女儿家里，少有出门。女儿说公司晚上有活动，要带我去参加博饼。"赌呀！"女儿笑。她知道我搁家里会玩两把，小赌常有。她当然不好开口说我"就知道赌了"的。我一听说博饼就是掷骰子，心里有底了，自信心大增。女儿说厦门博饼有人还博过一辆小轿车呢。

"活动"设在一家饭店里。喝酒，敬酒，说话。我多是在听。实际上只是傻坐，他们说的闽南话我一句也听不懂。有人偶尔也会跟我搭话，说普通话，我也跟着说普通话。大家几乎是一个字一个词地说。别人累坏了，我也别扭。我心里想的却是，怎么还没博饼呢，在饭局之后？我盼着饭局早点结束。

闲坐有了东张西望的时间。桌后的地毯上，堆了好些物品。我把眼镜推了推，唯恐看不清楚。物品饮料居多，还有听装茶叶、小包装米、金门高粱酒。礼品最上面是一个红包。呵，我知道了，这些都是"饼"。要是能博到那个红包就好了，酒也不错，金门高粱，两岸飘香，高粱酒性烈，味醇。茶叶嘛，是安溪铁观音，好喝。我看得手痒。一旁人喝五吆六地仍在举杯。我心里发急。

红包边上有一张纸，纸上写的是博饼的规则和奖项物品。我自恃"基本功"很好，浏览一遍之后我也便记住了。博饼设"一秀""二举""四进""三红""对堂"和"状元"，按照科举名称命名。红包估计是"状元"，两瓶酒差不多就是榜眼"对堂"了。

饭局终于结束。

"活动"开始。服务员收拾好桌子，堆放好"饼"，又给每个人发了一只布袋。我知道，这是给大家装"饼"用的。隆重上场的是服务员端来的那只酒红的大海碗。碗里有六只骰子。

"一秀！"

初试，我只是博到了一瓶饮料。"一秀"声不断，我以为只是我们桌上和邻桌的博饼声，再一细听，隔壁有，走廊里有，骰子声连同"一秀""二举"在饭店里几乎响了个遍。

"状元！"

"状元"出。掷到"状元"的是一个七八岁的小男孩。小男孩张开豁牙的嘴，笑得金光灿烂。博饼还在继续，因为还有其他物品可博。我一看"状元"有主，便无心恋战。有意无意一把丢下骰子，骰子没精打采的，声响也小。

"哇！状元插金花！"全场人一片惊叫。

女儿激动异常，说老爸今年有大喜。

拿到红包，我都不敢去看那个孩子的脸。

后来我知道了，四个四点就是"状元"了。我掷的四个四点加两个一点是"状元插金花"，级别在"状元"之上。女儿还告诉我，还有"五子登科""五王""六杯黑""六杯红"的。"六杯红"就是六个四。这些都很难掷到。一般的博饼活动掷出四个四点即"状元"便可。

回来已是夜里十一点多钟了，道路仍然不畅，仿佛四处飘来的骰子声能给道路添堵。窗外飘过凉风，这时，你才会感觉到有一丝秋天的味道。

小年大中秋，想不到的是，在厦门中秋博饼会大受欢迎。如今，真正的饼也少有人博。给每个人一次平等的机会，乐在其中，博在其中，这或许就是博饼的魅力所在。

鸭血粉丝

"鸭血粉丝！"

担心的事还是发生了，又是晚点。爱人埋怨。好像她坐飞机就没准时过，原本急飞厦门看女儿的喜悦心情打了折扣。我们漫无目的地在候机大厅转悠，为的是把这难耐的两个小时熬过去。不想，拐角处的一爿鸭血粉丝店给她带来了惊喜。爱人近乎发出了叫声。显然，她的心情曲线大幅攀升。

她好这口。禄口机场是南京的地盘。在这里吃上正宗的南京鸭血粉丝，也是平日里少有的机会。

六朝古都南京的桂花鸭有名。叫人想不到的是，与桂花鸭名响难分伯仲的鸭血粉丝正声誉鹊起。这不只给海量的桂花鸭的副产品找到了销路，也为南京这座美食之城中早已出名的"夫子庙小吃"增添了新品种。

　　鸭血呈块状，其色褐红，泛紫，还有一层乳白，口感鲜嫩柔滑，细品，有些许极细小的气泡。入口时，所有的气泡里好像都散发出香味，让你的整个口腔都兴奋不已，食欲大增。难怪鸭血粉丝用鸭血做抬头当主打。其实，鸭血粉丝里的其他配料也好吃。鸭肝绵软、细腻，老成持重，在鸭血粉丝汤里它最忠厚。切碎的鸭肠耐人咀嚼，有韧劲，吃在嘴里，因其碎，在口腔里四下乱窜，有一种调皮的感觉。豆腐泡飘在鸭血粉丝里也撑门面，它体大，气孔里吸满汤汁。豆腐泡由豆腐块油炸而成，也有叫它豆腐果的。鸭血粉丝垫底，虽说在汤里顺色了，好像看不到它，其实，它的分量最多。碧绿芫荽的加入，不只添加香味，也为鸭血粉丝沉闷的色调带来了些许生机。南京人叫芫荽"香菜"。

　　一炉，一锅，一勺。勺是网状漏斗型的钢丝勺，半熟的粉丝放在勺内，放在高汤里。有客来，舀半碗配制好的鸭血汤，加入已熟的鹅肝、鹅肠，撒上芫荽。漂浮的芫荽和豆腐泡，半沉半浮的鸭血上下打点，鹅肝鹅肠沉底，又都一同攀附交织在粉丝里，使得鸭血汤食材丰富。即来即做的快餐模式，鸭血粉丝不仅可以作为街头小吃，因量多营养好，也可以作为三餐中的主食。到冬天的时候，还有"吃小灶"的。鸭血粉丝放在一个个独立的小砂锅里烧，当然，配料也可以自己选择，除了鸭肝、鸭肠之外，也有再添加香肠片、火腿片、火腿肠和各式菜蔬什么的。它也不再只是小吃，我的家乡有一家"南京鸭血粉丝"店，一年四季都做砂锅鸭血粉丝。来吃砂锅鸭血粉丝的不只是孩子和年轻人，我爱人也是那里的常客。其实，我也去。

朝　牌

一淮分南北。淮河—秦岭一带是中国南北的分界线。南北美食差异很大。随着人口的流动加剧，各地美食也跟着人走，各大菜系相互渗透。只是淮阴朝牌恋家，似乎在淮河两岸没走多远，成了当地人的一道美食。

朝牌是一种饼，因其外形像古代大臣上朝时拿的笏，故而得名，叫朝牌。

朝牌里酥外脆，色汁金黄，涂油，敷以芝麻。出锅遇着冷气，原本鼓起的饼面在划过的刀口处泄出热气，"噗"的一声，香气四溢。涂过油的芝麻在炉里烧烤之后，粒粒饱满，晶莹透亮，煞是诱人。有馋嘴的小孩买了朝牌之后并没有转身，他们围在炉台边，眼睛盯着炉台上的芝麻，伸出食指，一粒粒地去摁掉在炉台上的芝麻，然后放进嘴里。

其实，大人也贪恋芝麻的香味，站在做朝牌师傅的炉前，待师傅撒过芝麻将要收手拿饼的时候，他们会央求：再撒点芝麻！再撒点芝麻嘛！做朝牌的师傅往往不好意思，顺手又从边上的碗里用手指捏一小撮芝麻，轮起臂膀，动作夸张至极。口中还念念有词：好嘞！食客的央求，让师傅更加起劲，动作也跟着麻利了许多。他不快也不行，后面有好些人在排队，在等新出炉的朝牌。

我小时候也是嘴馋，要是看到朝牌上有芝麻落在餐桌上了，会用拇指的指甲去摁。一摁，芝麻会发出"叭"的声响，一小团的芝麻油便会溢出。这一小团芝麻油和瘪了的芝麻粒仍会粘在指甲上。我把小拇指伸进嘴里，咂吧得有滋有味。朝牌芝麻香，童年的记忆，仿佛一直让我回味。

做朝牌的炉子类似于坛子。饼炉陶制，圆口，半人高，坛底放一堆炭火，伸进炉里的臂膀刚好能触到炭火。

朝牌的口味有甜的也有咸的。甜朝牌面上刷的是糖浆，咸朝牌面里面和的是盐水，也有在面里放葱的，也有放虾皮的，做出来的咸朝牌也有千层饼的味道。做朝牌的面是活面。面案在左，饼炉在右。吃朝牌讲究的现做现吃。"回锅的朝牌——不脆"，歇后语道出了现做现吃的秘籍。吃朝牌图的就是这个"脆"字。师傅是左右腾挪，和面，切块，拉抻，贴饼，铲饼，动作麻利，近似于表演。炭火烫，炉口只有碗口大小，技艺娴熟的师傅原地不动，手不会被烫伤。仰掌前推，勾手后贴，从左到右，左右开弓，他们练就的一副绝好的手贴饼手艺，成了街头的一道风景。

　　朝牌是市民喜欢的早点。早晨，好些年轻人一边走一边吃，上班步履匆匆。老城区人一般不这样吃，他们会买一根或是两根油条，朝牌夹油条，那是好搭档，要是再来一碗当地的椒汤，啧啧，那就没得说的了。那天我上网，一个叫"山芋团团滑拉泥"的网友说，这样的吃法，"直接就是中南海的享受呀"。于他而言，那是国宴级待遇。

　　后来我才发现，在做朝牌的炉边，都会有一个炸油条和卖辣汤的摊位。

山里红

山里红是山野小吃的"大哥大"。

成熟的山里红色质红艳，个大。山里红枝矮，高不盈尺，满山绿，叶也顺色。秋之前我是辨不出它是什么样儿的。入秋了就不一样了，山里红贴着地面，点点红，醒目得很。

摘它时你就要小心了，左手拨开叶，枝歪一边去，右手拇指和食指伸出，其他手指缩紧，山里红有刺。

山里红瓢小，壳硬，还有个石榴般张开的嘴。籽多且大，有四五瓣。吃时得将山里红的嘴咬去。枯芯未尽，花芯犹在，纵是连皮咬去，它们也会细碎地落在口里。"呸、呸"，这些花芯们显然不受欢迎，被狠狠地吐出，倒也像为吃山里红端好了架子。去了嘴的山里红断不可放嘴里大嚼，那籽不把你牙硌掉才怪。先将它咬成两半，剔去籽，这当儿山里红也所剩无几。

近籽处绵软，壳四周甜，也酸。其实，山野小吃没一个瓤多的，我们也只是去尝那股又酸又甜的味儿，在饥岁荒年，让自己的胃跟着艰涩的日子一道兴奋起来。

父亲下放那些年，每年秋后，邻居江叔便带他到山上采山甲红。剖开，去籽，一块采回的还有叶。一大匾晒干不到二斤。晒干后的果叶便成了山茶，也叫土茶。山茶泡开来也好看，叶绿，果红。

"喝口？"那天江叔指茶逗我，暗笑，茶里像是藏着什么玄机似的。而我偏又好奇得很，逞能，接过碗，张口就喝。"呸、呸、呸！"这茶比花芯们讨厌多了，苦。江叔们忍不住了，大笑。那一段清苦的日子，仿佛因着山里红们的存在，也让人有了些许的开心。

要是斗篷果就不一样了。斗篷果汁多，水灵，一碰，汁便流出来了。这鲜嫩的斗篷果掐下以后放哪儿好呢？

春多雨，山民们多戴笠。笠也叫斗篷。山民们将掐下的斗篷果插在斗篷的篾缝间。我猜斗篷果因此而得名。大人山间归来，我们早早就喜滋滋地跳着蹦着在村口迎接了。高兴，是因为斗篷上插有斗篷果。那会儿小，我不明白，大人怎么没一个人舍得吃斗篷果的呢？

山榴子一串红，透明好看，也有玛瑙色的，珍珠大小，独籽，皮薄，肉少；山枣多，涩，纵是秋日红了也轮不到我们去采，山雀多着呢。其实山野小吃大都涩嘴难咽，吃多了会怨：没一个好东西。

俱往矣。现如今，却是食"野"成风，能沾着"野"的总是好。野菜，野鸡，等等，野味大受欢迎。食客们"上山"了。而那些山野小吃呢，都忙着嫁接"下乡"了。山里红成了山楂，山枣却是大枣，山榴子成了樱桃，斗篷果便是草莓。

那天回家，父亲把泡好的一杯茶递给我，注视着，希望我喝的样子。接过杯，一尝，清苦，微甜。土茶！

父亲从屋里取出一个包，打开两层包装袋：山里红干！足有二斤重。这是如何耐着性子要跑多少个山头才能采到的呀。

"你江叔从山里带来的。你江叔老喽。"父亲嘀咕，两眼已湿。其实，父亲也老了。

把盏细品，一如那一段浸泡在山茶里的乡间岁月，苦涩，泛着些微的甘甜，也如这原汁原味质朴的情感，回味不尽。

炒　面

一屋香。

"什么味?"妈妈笑，秘而不宣的样子。她捧着碗，用小勺舀蜂蜜调制糊状的"黑粥"。

呵，是炒面呀。我惊讶，像是遇见了久违的朋友。

通常我们所说的炒面是炒面条，是水面。妈妈吃的是炒面粉，则是干面。

妈妈怎么想起这个"老古董"了? 现在还有谁想着吃炒面呢?

炒面多用麦面炒的。也有用小麦、大豆、高粱、玉米炒熟磨碎的，殊途同归，这样做炒面的好处是适宜大批量地生产。家庭制作用面粉直接炒熟便可，省去了磨面的工夫，只是炒时手不能停，文火，面易煳。炒面不易变质，能吃上半个月或是更长的时间。炒面是地道的干粮。

八十年代初，我上师范读书，妈妈最担心的就是我在学校吃不饱。在家我妈说我是"大肚汉"，能吃。师范粮食也是吃供应，每月有定量。这让我妈愁坏了。家里没有闲钱给我买零食吃。她每月将一袋炒面装在布袋里，托人进城捎给我。我妈没有告诉递炒面的人袋里是何物，我也没告诉我的同学晚上炒面充饥的事。我妈炒的是"通面"。"通面"是麦子磨成的面，不去麸，水冲过之后颜色黑乎乎的不好看。乡野之物，炒面不是体面的小吃，怕城里人见笑。我只是在下晚自习或是别的同学睡觉的时候和炒面吃。可是香不瞒人，我一打开布袋冲炒面，宿舍里便香气四溢，这让身边人的胃都跟着兴奋起来。望着边上同学蠕动的喉结，我也只好将布袋拿出，一人分一点倒在瓷缸里。然后告诉他们，放些开水冲一下便行。炒面并没给我丢面子，却让更多的同学与我黏糊起来，彼此融洽的关系也像弥散的香气很是浓烈。

炒面是"懒人食品"，没开水冲冷水和一下也中。炒面能称上"美食"的便是它味浓。其实，吃在嘴里炒面便没那么香了，甚或没有什么味了。有人便想着在炒面里加些糖或盐，有人甚至在炒面里加花椒。

"男女老少齐上阵，家家户户炒炒面"，那该是什么样的场景呀。炒面也是有功勋的"红色食品"。"一把炒面一把雪，夺取战斗新胜利"，抗美援朝时炒面立了大功。看电影上好些战士都背有直径十厘米、长一米多的干粮袋，后来才知道里面装的就是炒面。东北人民政府还专门下发过《关于执行炒面任务的几项规定》。开国总理周恩来左臂有伤，他曾亲自用右手挥动铲子炒炒面，满脸是汗的情景感动过多少人。据说炒面吃多了会得口角炎和夜盲症，战士们便想出煮松针水喝，或是生吞摇头摆尾的活蝌蚪也管用。

　　估计现在没多少人吃炒面了。是怀旧，或是对过往生活的回味，妈妈只是偶尔品尝一下炒面罢了，当然，我们也不会担心她会得口角炎和夜盲症了。

水　饼

父亲牙不好，喜面食，尤喜吃饼。烙饼有壳，磕牙。妈妈便想着为父亲做水饼吃。

水饼算不上美食，现在的食谱餐桌更是少见。水饼因做法简单，混在粥锅里，过去我们这儿的村民们几乎家家会做。

和好面，糊状，双手将面拍成饼状，水开的时候，妈妈是一边做水饼，一边将水饼往水里下。做完之后，再往锅里撒些玉米面，或是小麦面，这一锅粥便成了，水饼也好了。

"少一把面粥不稠，少一把草锅不透（开）"，民谚告诫村民过日子要节约，也透露出那年月金贵的不只是粮食，烧草也不容浪费。水饼能跟粥一锅出，不需要另做，省时省力，也省草。家家做水饼也自有它的道理了。

其实，这锅里跟粥一锅出的东西往往很多。比如事先放在水里的有山芋，有山芋干，有胡萝卜，还有青菜白菜什么的，但这些都属"草根"。相比而言，水饼算是这锅里的"白领"了。

不是所有的人都能享用这些"白领"的。粥好，掌勺儿的多是妈妈。"烫不死你"，她总是把我从锅上支开，不允许我们盛粥。后来我知道了，水饼盛在谁的碗里都在妈妈的掌控之中。这水饼我碗里有，我弟弟碗里有，我父亲的碗里也有。妈妈是要把这些压饿的"干饭"盛给上学的孩子，也盛给下地干活的父亲。我妈，我奶，还有我姐她们只能喝粥，或是吃粥里的山芋或是胡萝卜什么的。这粥里的玄机，怕只有我妈一个人知道。

粥上桌，妈妈多是在靠锅边的桌旁站着。起先她也是坐着，可一碗粥下肚之后她便坐不下来了，她要忙着给一家人盛粥。盛过一碗粥她刚想坐下，另一个人也听到响声了，粥碗已见底。"一吹两道沟，一喝呼呼响"，乡下人喝粥是有动静的。妈妈依着这动静知道她要给谁盛饭了。

我不懂事，有时故意把水饼搛起慢慢细品，且吃出响声，逗我姐，让我姐哭过好几回，这越发让我自得。我姐也只是大我两岁。那天我又公然且夸张地嚼水饼，并瞄我姐，一看我姐粥碗里竟有煮好了的剥了壳的鸡蛋。我正欲发作，一抬头，我妈正直直地盯着我，筷头朝后，仿佛随时要用筷子打我似的。"饭堵不上你的嘴"，紧接着我妈自然少不了用"食不言，寝不语"话来教训我。

原来，那天是我姐的生日。

后来我知道了，妈妈站着吃饭也有监视我们小孩子气的意思，仿佛我们会把这粥里的玄机给说破。

　　姐姐成家以后，每次回来妈妈都会提及水饼的事。虽说我姐也不大记得，笑笑，哪年的事了。但我妈总要提及，有时，她还会想着为姐姐做几块水饼在粥里。姐姐哪里喜欢吃，我妈只是让我姐吃，仿佛要把她过去"亏欠"姐姐的水饼给补上似的。推说之中，又少不了妈妈的唠叨，说着过去日子的无奈，这当儿，我姐总会跟着我妈一同流出泪来。

　　对生活的无奈，以及无奈之中所隐藏着的温情，怕是这锅粥里的最大玄机。

忆苦饭

"忆苦饭"算是六十年代的流行词了。

流行的短处便是会过时,一如当年风姿绰约的女子,现如今花容月貌已是过眼云烟。

那天,一位在生意场上已混出点模样的朋友邀请我到一家饭庄吃饭,说要带我去尝个鲜。朋友好美食,我以为那家饭店一定有了叫得响的招牌菜。我好奇。到那儿一看,店名新奇得很,叫"忆苦思甜饭庄"。饭庄生意特别好。菜呢,以蔬菜为主,且多是野菜:清炒地米菜,豆渣拌小葱,马兰头凉拌,玉米、山芋、栗子等各式菜蔬煮熟堆在一盘的"大丰收",豆粕羹。"群缨荟萃",一桌"忆苦饭"。咳,过去上不了台面的那些菜,现在却为好些人所宠,真是"翻身农奴把歌唱"呀。

一晃四十多年了。人们又重新相聚,举办一场场新世纪版的"忆苦思甜 Party"。"忆苦饭",千般宠爱,何"苦"来哉?

这叫"忆苦菜"才对。忆苦饭是大锅粥。粥之苦是煮粥材之劣。玉米面自然好,还会有麦麸、糠,有榨干油的豆饼,山芋叶、榆树叶也往锅里放,甚至还有烂菜帮子。粥材有异,各地忆苦饭不同,各餐忆苦饭也不同,就地取材的多。总之,越"苦"越好,最大限度地打击你的味觉。

忆苦饭尚存五十年代"大食堂"的遗风,群餐,数十、数百乃至数千人共餐。

所不同的是忆苦饭是"会餐",春节、"五四"、"六一"、"八一"等节日人们才想着撮一顿,仪式感强。旨在教育"生在新社会,长在红旗下,喝着甜水长大"的人要记着过去的苦,想着现在的好。

一老农上台诉说过去日子之苦。一人哭诉,全场抽泣。背景音乐响,歌起:"天上布满星,月牙亮晶晶,生产队里开大会,诉苦把冤申,万恶的旧社会……"还不待这烂熟于心的歌词"旧社会"的"会"字唱完,便有人带头振臂高呼:"不忘阶级苦,牢记血泪仇。"高潮至,众应,齐呼。拳头弧状齐刷刷向空中砸去。每呼一句,这拳头就向空中砸一下,力度自不必说,还要伴以悲愤的表情。举拳头和呼口号是态度问题,还关乎"政治"。好些站在第一排的人自然没有放弃在众人面前的"表现"机会,他们会使出浑身的劲儿,一边青筋暴突地呼口号,一边同时把两只拳头砸向空中。其实,比举拳头呼口号还要"政治"的是吃忆苦饭。都是有"觉悟"的人,面对难以下咽的忆苦饭,哪个不做出狼吞虎咽的架势?

记得我刚加入"红小兵",我去"会餐"哪里是为自己"觉悟",其实我是去看热闹。可忆苦饭实在不好吃,父亲呵斥我"不许这么说",奶奶悄悄塞给了我几粒糖精。父亲担心事情败露,吩咐我要是有人问,你便说放糖是思甜。这么个"忆苦思甜",搞笑吧?

近些日我在想,那个城里新开张的"忆苦思甜饭庄"要是也来策划个"会餐"的仪式,说不定也很好玩。

肉夹馍

十里长淮十里街，城在河岸，山在城岸。船在流，人在流，在一宽阔处打个旋，都不走了。这里叫老船塘，泊船的，四周做买卖的多，热闹。

"大饼嘞——"

"猪头肉——"

其实这两摊主没必要都吆喝的。听到"大饼嘞"，你便知卖猪头肉的摊就在左右。当然，听到"猪头肉"的吆喝，你也就知边上一定有卖大饼的。你情我意，不离不弃。在老船塘，做买卖的这等默契，怕只有卖大饼和卖猪头肉的了。

"笃、笃、笃"，称过半斤猪拱嘴，或是三两"鬼脸"，"啪"，手起刀落，一块大饼分成了两半，还不待买猪头肉的到饼摊前，卖饼的已用干荷叶将饼包好，笑盈盈地将饼送上。

大饼夹猪头肉，那是一道美食，小城人似乎都好这口。

卤猪头肉要老卤汁，色相好，味浓。火候要到位，肉烂，还要有嚼劲，"花"了就过了。这劲道拿捏得是否准确，食客可以戳一下的，因为摊主在肉边备有几根细竹签，比牙签粗长；摊主也知道，没有会去拿那竹签戳肉的，更多的食客会下手在大块的猪头肉上撕一块尝尝，有贪食的甚至会把整个猪眼挖下来放进嘴里。"不孬，不孬"，虽有夸奖，这还是让摊主很心疼。摊主也跟着聪明起来，干脆用刀削两片薄薄的猪头肉搁边上，只两片。做过一单生意之后，摊主是断不可忘了重新削两片猪头肉再搁边上的，因为他不想再失去另一只"眼"。

饼是发面的，绵软、壳硬、微黄、略脆最好。饼不盈寸，太厚了不行，因为摊主知道，饼中间要夹上猪头肉的，一口能嚼得下才是。

"累手"，有的老主顾会这样找摊主的"麻烦"，将干荷叶将案上一摊。摊主知道，这是要他将叶里的猪头肉给包了。摊主这当儿一边将饼瓢掰开，一边不忘夸说自己饼的好，吩咐下次再来他的摊。当然，临了的时候，食客也会留两片在案上作为对摊主的犒劳，摊主自然也就不客气随手"笑纳"了，笑眯眯地将两片猪头肉放进嘴里，同时，捏些案上的饼屑，一块儿下肚。其实，摊主在塞最后几片猪头肉的时候，动作绝对没有开始时麻利，像是要剩下几片塞不进去的样子。

织席的，敲石子的，开山的，捕鱼的，有左手扛锤的，有左手拿小锤的，有左手拎鱼篓的，右手呢，饼夹猪头肉。肉香难敌，尝一口，走一段，再尝一口。渔歌唱晚，淮风苇影，景色又不能当饭吃，味蕾却是异常兴奋，口中美味，才是好景致。

没几个舍得把干荷叶扔了的。他们将干荷叶带回家去，洗净、晾干，留着日后包茶食或是蒸馒头当笼布用。笼布就是馒头与蒸笼之间的垫层。一边吃着大饼夹猪头肉，一边看着淮河美景，那是小城人津津乐道的事情。

那天有一好友请客，说那家餐馆有一道特色菜要我去尝尝。酒过三巡，朋友嚷："菜呢!"不一会儿，嗬，上来一锅"大饼夹猪头肉"！

饼有巴掌大，贴在锅四周，饼中间已划出了个口子，锅中间是红烧猪头肉。一人一块，扒开，攘几块肉，嚼，好吃。都夸。朋友乐，回头冲着服务小姐：再上一锅!

出来的时候，我记住了那餐馆的名字，就叫"肉夹馍"。什么"肉夹馍"，还不就是大饼猪头肉。

第五辑：饕之语

磨饭碗

"天皇皇，地皇皇，我家有个夜哭郎，过路先生念七遍，一觉睡到大天亮。"

前日在公园锻炼回来，见有几个人围在一根电线杆子上看。进而一个个都念出声来，希望宝宝睡个好觉。

"过路先生"明白了，贴"符"人家有个"夜哭郎"。想不到的是，到如今还有人想着用这招。

小孩子有"三闹"：夜哭啼、下床气、磨饭碗。

"夜哭啼"也有叫"夜哭郎"的。夜至不寐，哭。村民们治小孩夜啼通常的方法是写几张"符"贴在树上，求路人诵读。"符"就是一张黄裱纸，也有用白纸写的。方法是否灵验我不知道，奇怪的是过不了几日小孩也就真的"一睡睡到大天亮了"。"下床气"就是小孩刚起来，睡眼惺忪，没精神，也有哭的，多是磨叨，哼哼歪歪的，怎么都不开心。不过，时间很短暂，小孩子醒了也就好了。

磨饭碗最劳神。我小时候就喜欢磨饭碗，一吃饭就生事，不吃饭，到处跑，玩，甚至哭闹。我奶奶说我是"磨王"。

为了哄我吃饭，我奶奶给我讲故事。我小眼眨巴眨巴的，为了讨到故事，我张开了嘴。我吃饭都是奶奶喂我吃的，她一直喂我到六岁。我奶奶不识字，肚里没有墨水，哪有几个故事呢？这又成了我磨饭碗的把柄，她不讲故事我就不吃饭。听故事下饭很快也就不见效了。我奶奶只好依允我。她端着饭碗，跟在我后面。有时我也会到院外面的菜地里去看毛虫。我奶奶只好把饭碗端到菜地里，跟我一起看毛虫。瞄好我开心时，一张嘴，似在我不知觉的时候把一勺饭喂到了我的嘴里。一口饭下肚，我像是发现自己上当了似的，旋又折回院内。

这样院内院来回几趟，可把奶奶给折腾苦了。我奶奶是小脚。

后来，我父亲听了村民们的一则"土方子"。"土方子"治小孩子磨饭碗还就管用。一天，我正磨饭碗呢，我奶奶大概是用尽了所有的办法央求我都不管用。我就是不吃饭。父亲想到了这个"土方子"。他让我母亲拿来家用畚箕，一把拉过我要我坐在畚箕里，还不容我哭啼。父亲是一个箭步，双手端着畚箕，把我当垃圾倒在了院外的垃圾堆里，决绝地不许任何人去看。我自然大哭，无果。约莫是累了，快快地自己从垃圾堆里走回院内。泪痕满面，或许是哭累了。那日奶奶并没喂我，我却自己把一碗饭吃了个底朝天。

　　我磨饭碗磨了六年，父亲的土方子却一招致胜。后来我想明白了，我在心里怕父亲。我磨饭碗，是奶奶惯的，自己撒娇而已。

打平伙

这些日，女儿有好几天没回家吃饭了。她和几个大学同学小聚。也是，难得过年放假回来，有时间，有些同学怕是有两三年不见了。爱人小声嘀咕："谁请客呢?"女儿没好声气地来了一句："AA 制。"女儿也一定揣摩出了她妈的意思，她似在埋怨爱人不知"80 后""90 后"孩子聚会吃饭的简单规则。爱人不言语了。AA 制她懂，站在一旁的我妈就不懂了。她愣在那儿，望着我爱人。爱人好像看出了我妈的心思，解释给我妈听。我妈听明白了，恍然大悟状："打平伙呀!"

打平伙让我妈逮住了话把子。

打平伙是乡俗。约好的几个人做出自己的拿手菜，或是主食，放一块儿吃。说是拿手菜，其食材也多半是家里长的、地里收的蔬菜为主，生拌萝卜丝、炒水咸菜，要是能有红烧豆腐或是韭菜炒千张算是上好的菜肴了。主食花样要多，手擀面是常有的，光是干烘饼、葱油饼之类的饼就能做出十多样来。她们说着厨艺的事，说着美食的事，说着村民的事，说着村里的事。有说有笑有滋味。女主内，个个都是主厨。女人版的打平伙，"好吃"是第一要义。其实，更多的时候，女人打平伙都是事出有因，当家都知柴米贵，她们才不会这么"败家"没缘由地在一块儿胡吃海塞呢。哪家有矛盾了，夫妻吵架打架了，好几个女人便来劝解，打平伙成了最好的化解方式。女主人自然不吃饭，一看来了好些人，哪还好意思呢。随着调解的深入，正哭着的女人往往破涕为笑，也便跟着吃了起来。

男人也打平伙。他们重不在吃，在"喝"，喝就是喝酒。谁贴菜、谁贴酒都是自愿。菜没多少讲究，常有的是萝卜干、花生米，韭菜豆、水咸菜也行。酒多是散装的山芋干酒，八毛六一斤。其实，这八毛六分钱也是几个人凑的。八毛六不是一个小数字。更多的时候，男人们打平伙，就要看几个人能不能凑到这八毛六分钱。他们只打一斤散酒。酒分散在几个人的碗里，没有人会一饮而尽，他们会去啜、去饮、去品、去咂吧，且要咂吧出"滋滋"的声响。好像这样的声响能把他们的畅快、舒坦和惬意表达和释放出来。

早年虽说家贫，村民们却是常常在一块儿打平伙。打平伙很简单，一个提议，有人附和，接着有人回应，便成。两三人不嫌少，七八人不嫌多。纵是有一两个人想装矮，他家里或许实在拿不出什么菜来，或者身上连一毛钱也没有，没有人计较，一两个"吃白食"的不影响大局。再说了，谁不想去啜一顿呢。

打平伙的"议案"总能全票通过。

　　那天，秋老五家烧羊肉吃。有人看到逢集那天秋老五在集上买了半边羊腿子回来。主要是膻香不瞒人，隔着几道沟呢，他家厨房里的香气就能闻到了。李老二提议了，他揣了半斤白酒，又一同约上三个村民径直去到秋老五家要求打平伙。秋老五哪好意思说"不"。显然，李老二他们都是冲着那半边羊腿去的。酒后才发现，除了李老二揣了半斤白酒之外，其他人都空着两只手。好些年之后人们都在窃笑，秋老五是被李老二打平伙给算计了。

山　茶

"什么茶?"

那天我和老王到"小菜香"吃饭。喝着饭店服务员刚倒的茶,老王自言自语,回味着茶香,眼里放出亮色,兴奋之情难抑,但他又好像是见到了极熟的人,一下子又叫不出来对方的名字。

"枣味,"老王品咂着,"枣香。"老王将脸仰起,片刻的深思像是给自己的味觉给个定论似的——山枣茶!

山枣是我们这一带山上的野枣。野枣个小,核大,甜味淡,成熟时还略显苦涩。山枣少有人吃。不过,我们这里人却喜欢用它做茶。山枣熟时泛红,采摘回来后晒干,去核,切成片,能做出一道不错的山枣茶。山枣茶微甜,汁红,略黄,清淡可口,不仅消渴解暑,还有降血脂、降血压等功效。山枣片不只能泡茶,还可以炖汤、煮粥,也是很好的食材。那天我到超市购物,看到有人买了几听罐装饮品，凑近一看，是"红山茶"。向服务生一打听，方知它的原料就是我们当地的野山枣。看我要离开货架，以为我有不屑，或是不甚了解，服务生又紧追几步，告诉我说这种红山茶很讨喜的，当地人喜欢，外地人也喜欢，中老年人喜欢，年轻人特别是年轻女士也喜欢。他力劝我买几罐带回家，说我爱人也一定会喜欢的。服务生挺能说的，且自信满满。

与山枣茶有一比的是山里红茶，山里红北方有人叫它"红果"。最近在内地银屏上走红的安与骑兵，把红果当着爱情信物的一首《红山果》把山里红唱得更红。其实，山里红与红果是有区别的，山里红长在山上，是野生的，没有经过嫁接，其果跟山枣相类，小、核大、籽多、肉薄。红果也叫山楂，秋至，好些村民会上山采山里红的。跟采山枣不同的是，采山里红还采叶。采后的山里红果跟山里红叶一块儿晒干。山里红茶与山枣茶功效相类，只是因其有叶，喝起来更觉苦涩。唯其如此，我们当地有好些人还是偏爱喝这种山里红茶的，说它给力，有劲，得味。与山枣茶不同的是，没有人用它炖汤煮粥，山里红叶只是饮品。

我见过的最简单的山茶是山竹茶。山竹茶是竹叶泡的。因山地贫瘠，山竹长得瘦小，细脚伶仃的样子。眼下，正是午收时节，我想起妈妈在这时为村民们烧水煮茶的事。下放时，妈妈没做过农活，她便在村口树下搭口锅，给村民们烧开水。过往的村民挑麦子会在此坐下，稍作休息，喝口茶。这种茶多是山竹茶，制作山竹茶极简单。水开，放一枝山竹在锅里，茶便烧制好了。山竹是连枝带叶。山竹茶色绿，有淡淡的竹香。有时，我妈还会在锅里放少许盐。她知道，村民们流汗多，盐能补充水分。时至今日，我还见过我的同事老刘常泡山竹茶喝的。所不同的是他泡的山竹茶是去了枝的，叶也多是毛针状的竹芯，当然，他也不会在杯里放半点盐的。

山茶接地气，枣味、果味、竹味，还有山的味道味，细细品尝出的，都是家乡的气息。

尝　新

秋种、冬藏、春长、夏收，没有一样庄稼像麦子样的要历经四季的等待。

冬藏的山芋之类在春初已吃得差不多了，农事渐紧，饥肠辘辘。两眼盯着麦子扬花了、孕穗了、起浪了。"小满三天望麦黄"，农谚也急，"再过三天麦登场"，勒紧裤腰带，不就三天嘛。

开镰在即，让秧苗在田里成行绿着，让竹鸡的叫声在水里成串地响着，让汗水在背上流成道儿，有农民站在麦田梗上，对着一片麦浪笑。他们在估计着今年的收成，他们在幻想着殷实的日子，想着想着手就痒了，不自觉地就把手在麦穗上摸摸，像是摸着孩子头一样的充满温情。摸着摸着就会忍不住地掐一枝麦穗（只一枝，才舍不得掐第二枝呢），放手心一搓，"噗——"，闭眼，一口气，麦芒和麦衣飞去，麦粒圆润饱满，左手捧举眼前，右手食指一粒粒地摩挲，喜不自禁；再捏一粒，尝尝，忍不住又捏一粒放嘴里，他会耐着性子在品尝新麦的甜美，仿佛这数月的等待也就是为了这一天似的，这时的农人像是个贪嘴的孩子，最后忍不住了，一仰脖子，把麦粒全放嘴里，香着呢。

田头尝新只是对胃的一丁点的打点，不够味，也过不了瘾。有磨的人家早些日子也叫锻磨的手艺人将磨给铣了，磨牙快着呢。

晚上回家的时候，没有农民是空手而回的，"黄金落地，老少弯腰"，这"黄金"当然是麦子，田里路上见着落下的麦穗那是一定要捡起来的。晚上，找来槌衣棒什么的，把这一把把的麦子平摊在地上捶，扬去秸秆，上磨。干一点的麦子磨是不放水的，不去皮，不去麸，是舍不得，磨出来的面我们那儿叫"通面"。通面做饼、熬粥，味地道，香浓。要是麦子圆润水分大，村民们就"水磨"，在磨上磨成糊状。糊烧粥就简单了，糊做饼麻烦。不过村上的刘妈会用糊在"鏊子"（"鏊"是一种没沿的锅）上摊煎。刘妈是山东人，听大人说她是小时候逃荒到此地的。

刘妈左手舀糊，右手拿一带把的条状竹片，只是右手指在把上一拧动，糊就在鏊上摊开了然后用竹片把饼在锅上翻个身，一张煎饼就成了。家里人不会摊煎饼，嘴馋的孩子就把磨好的糊送到刘妈家"刘妈刘妈"地叫，响着呢。人多了，刘妈干脆会把鏊支到村口。这时来的不光是孩子了，大人们也都会蹲下身来，说是学着刘妈做煎饼，或是帮着刘妈烧锅，其实，也就是拿一张尝尝。有时天黑了，火光也不息的，直到接着天上的月光和星光，接着四下响起的犬吠和鸡鸣，还一村的香。

　　"紧收午季慢收秋"，用不着几天的时间，麦子就抢收完了。其时，家家也都备好了擀面杖和蒜臼了，擀面条、蒸白馍，新麦面下来，香香甜甜的日子多着呢，之后，村民们会把每一天都过得有滋有味。

椿　芽

三月八，吃椿芽。

雨细，风润，桃之夭夭。檐下，父亲坐在老屋的门槛，不时地打着眼罩，我知道，他是在盯着梢头，期盼那芽紫红的春色，是香椿芽儿。

雨前椿芽嫩如丝。此时的椿芽泛青抽绿，红如玛瑙，绿似翡翠，幽香四溢。谷雨一过，椿芽就老了，没有先前的娇羞和红润，一眨眼，叶便舒展开了，不香，也嚼不动了。

其实，父亲是看不到那芽春色的。父亲在每个枝头上都套了只鸡蛋壳。他说这样长出来的椿芽嫩，也干净、好吃，亏他想得出。我猜父亲也有自己的用心，他是不想让别人来采我们家的椿芽儿。也真的是，看到了我们家香椿上都结了"树蛋"，村民们也就不好意思下手了。

清明一过，父亲近乎就守在门前，也会在春光中眯会儿，父亲淡定怡然的神情，我总是忘不掉。啄、啄、啄，春光里一定有他破壳而出的梦想。

这梦想会是什么呢？

谷雨前几天的样子，父亲便去脱树上的蛋壳了。其时，香椿芽会把蛋壳撑得满满的。他小心地用手掐，一团团粉嘟嘟、肉乎乎的绿，煞是可爱。更多的时候父亲为我们做椿芽拌豆腐，将椿芽切碎，在开水里迅即焯一下，放些盐、味精、麻油与豆腐相拌即可。这是道极"家常"的菜了，几乎家家会做。

"嚼之竟日香齿牙"，椿芽是桌上珍蔬，椿芽入馔，能做出好些菜来。单拌椿芽最简单。也有香椿拱蛋，就是用鸡蛋炒椿芽儿，腊肉炒椿芽就奢侈了。我吃过妈妈做的香椿鱼，做得讲究，将切碎的椿芽与鸡蛋面粉加作料和成糊状，放油锅里炸，文火，一边用筷子翻动，待两面呈金黄色便成，像鱼。春来几日鲜，椿芽的时令也似乎太短了，父亲不甘心。他会让妈妈将椿芽腌起来，放上盐，封在坛里，一直能保存到夏日，也好吃。

"苏三离了洪洞县……"也就在那几日，父亲坐门前会哼不上板的京戏，自己在膝上为自己打着响点，泡壶刚摘下的新茶，或是抽出他放在床下箱子里并不常看的一本书。看得出，春光里，有了椿芽儿香味的浸染，父亲有了好心情。

父亲下放那年，他在屋前栽了二十棵香椿。树渐高，父亲就是站在凳子上也够不着树梢的当儿，"树蛋"也就没有了。当然，每年春上，我便会爬树采椿芽了。其时，父亲口中不时地吩咐"要小心"，头仰着，一刻也不离开树下，就像我现在看体操双杠比赛教练员站在杠下眼盯着他的运动员一样。

一茬新叶一茬香。我在岁月中体悟着父亲的梦想。有一天，父亲跟妈妈嘀咕："大龙结婚的时候，椿树便能给他们打箱子。"我听了一怔。大龙是我的小名。红芽香椿，木质肥厚，香味浓郁，纹路清晰，打箱子最好，虽说没有樟木箱子精贵，但在村上也属上品。

"知君此去情偏切，堂上椿萱雪满头"，在古代的诗文中，"椿萱"是父母的代称，"椿"便指代父亲。想到唐代诗人牟融的句子，我两眼有点发涩。父亲已近八十，好些年也听不到他唱京戏的声音了。

椿芽，春芽，依着稀微的企盼，一如枝头绽放出的每一个日子，渐暖，渐热。

荠　菜

二月二，挑荠菜。

雨润，苗青，荠菜小。拿把小菜锹，拎只小竹篮，呼朋引伴，挑荠菜去。麦地荠菜青艳，路边荠菜微红，有土色，农家菜地荠菜肥硕，比着肩往上长，想与墙间的菜"一争高下"似的。荠菜的这种"顺色"习性为我们挑菜制造了麻烦，你得低下头去，眼要特别"尖"才行。荠菜是我见着的少有的一种有"伪装色"的植物，像动物中的狼，身体的颜色是随着四季的草色而变化的，荠菜也能和周围的植物"打成一片"，有意思。

蛰居茅屋，开春了，放晴了，心像天上放飞的风筝，飘荡游弋。伏在地上，拔枝草芯，慢慢探进一只豌豆大的洞里，草动，猛地一拎，一只小"磕头虫"就叫我们钓上来了。磕头虫抱拳弄掌一番折腾，在地上磕头，更像是跳舞，滑稽得很，逗我们乐。

春阳渐高，后背渐暖，方觉天已近晌，再看挑的半篮荠菜，蔫了，只剩一小把。我们将菜篮子放沟里，遇着水之后，不一会儿的工夫，荠菜们便又个个精神抖擞的了。"鲜弄弄，抖弄弄，去家糊弄老公公"，我们还要将在水里"涨"过的荠菜用手从篮底向上抖，使菜更多地膨胀开来。一边抖，还一边唱着童谣。你别说，刚才还赖在篮底的荠菜，真的就"涨"了近一篮。这下好了，回家也好有个交代了。

没有多少人会明白，挑不到荠菜"老公公"为什么不放过"我"。

《诗经》有言"甘之如荠"，苏东坡也说"食荠极美"，陆游是不是也像我一样迷恋春光，"春来荠美忽忘归"了呢？读着这样的句子，我却觉着古代文人的矫情。青黄不接的当儿，饥春荒年，地上有几芽春色？马兰头我们吃，面皮菜我们吃，灰条菜我们也吃。我吃过一种叫"苦荬苔"的野菜，色青白，味苦，虽说这样，因其个儿大，村民们也吃。有一天邻居家用苦荬苔包饼，我尝一口，哇哇直叫，特别苦。荠菜比起这些野菜来要"小资"多了，还不像我们现在看一些年轻人手里拿的麦当劳薯条，给我们的直接感觉是：这能当饭吃吗？

美食的最大境界是充饥。文人们当然知道。转而一想，古代文人又有几个是真正的"草根"一族？

"城中桃李愁风雨，春在溪头荠菜花"，辛弃疾笔下的荠菜要比城里的"桃李""草根"得多，可不知怎的，春至，在城里我却是会留意起路边的一丝绿意。低下头去，甚或拨开杂草，看荠菜纤嫩的叶，细碎的花，极亲切，像是旧时的朋友，哪能不去打声招呼。

惊蛰一犁土，春风地气通。二月二，又是一年始，耕种在即，春播在即，给人的又是一个最大的盼头。盼着年成好，这是村民们对一年生活的最大企盼。二月二，龙抬头。庄稼要雨，村民们的希望，也要滋润。

春挖野菜趣味多

我住的小区门前不远处有一片山地。开春了，山色渐绿，踩山挖野菜，放飞心情，滋生情趣，平生出好些滋味来。

踩一踩松软的土地。冬在一地散落的野草上镶上毛茸茸晶亮亮的花边，似乎只是眨眼的工夫，风便把它吹成了弥漫的柳絮。有触须从地罅里探出头来，两只手紫红紫红的，像是从大地母体里分娩出来沾着血痕。一寸、一寸，起身振臂，于是十只、一百只、一千只、一万只的小手呼啦啦地伸出来了，在山地上叽叽喳喳——是小草！

春深，各种角色粉墨登场，此时登山，野菜就多，低头细看，谷谷丁、马兰头、野小葱，还有似曾相识又一时叫不出名字的面孔，都是旧时的老朋友，碰面了，总得打个招呼不是。这当儿踩山就小心多了，怕有疏漏，得罪故友；也怕脚伤着春意。

闲来踩山，谁不斯文，仿佛个个都成了田园诗人。

那天遇到的"故友"太多，流连忘返，或是迷恋这一坡春色，原本十多分钟该回的，一时忘了爱人等荠菜下锅烧汤呢。待她喊山发怒我才想起。

春深了不是，野菜多了不是，这倒好，这些日我们便不再买汤菜了。到家一人做饭，另一人呢，自然抢着到坡地上挖荠菜。也是贪恋那温暖的阳光，也是逃避锅上做饭之苦。得到挖野菜的机会是靠"石头、剪刀、布"的，靠手气。听到爱人"喊山"了，再一看，坡地挖野菜的哪只是我一人。估计，把坡地当成自家菜园子的也不只我一家了，有意思。

猜菜也有趣。周日，我和家人一起出来挖野菜。是绿都有名，是小名，学名记得的少。好在我和爱人都在农村长大，估计她那些儿时的"伙伴"也是我童年的"朋友"。那就猜猜看吧。我挖一棵，放手里，爱人猜——对了！她挖一棵，让我猜——又对了！有时，我们对着同一棵野菜，一齐报它的名字，也是一字不差。

时光流逝，野趣仍在，根还扎在乡土，心都恋及故乡。

爱人拿一棵像荠菜可身架却比荠菜大好些倍的"苦荬苔"不放，进而忆起苦来。苦荬苔性苦，吃要去芯，还要在水里焯一下。一天她到隔壁刘婶家串门。刘婶递块饼逗她：吃一口？看她龇牙咧嘴的样子，刘婶窃笑。苦呀。刘婶家孩子多，粮食少，苦荬苔虽苦，因其个儿大，刘婶家人也吃。有一次，她看刘婶站在乡场上挨斗，原本浮肿的眼睛又泛红了。后来她才知，刘婶去偷一种叫红花草的，队上留作绿肥的植物来家吃——刘婶家是地主。

俱往矣，不提也罢。谁又曾想，现如今野菜又会给人带来好些野趣呢。

原本待在这野地里就不耐烦的女儿，看爱人眼眶泛红，更显莫名其妙。我找来一棵酸溜子给女儿尝尝。酸溜子碎瓣细茎，有酸味。饥岁荒年，我们常把它放嘴里嚼，得味，像现在人嘴里放有口香糖一样。我们想让胃兴奋，让味蕾跳舞。女儿很谨慎地把一棵酸溜子放进嘴里，一尝："呸! 呸! 呸!"还大叫，"爸，今天下午你不是说带我去吃麦当劳的吗?"

呵呵，也许，麦当劳真的比酸溜子好吃。

埋在草木灰里的青椒

听过一串顺口溜：小姐把辈分乱了，大棚把季节乱了……

人们不该向女性泼污。不述。天渐冷，倒是蔬菜们真的都呼啦啦钻进大棚里了，原本初春里泛着血红印痕的"头刀韭"，初夏里长着毛刺的黄瓜，伏日里顶尖缀着黄花的丝瓜，秋天里才出泥的红萝卜，还有深冬才砍回家的大白菜，这老少几代的蔬菜们都挤在一块儿成了"哥儿们"，很是矫情地晒着并不温暖的光，做着青枝绿叶的梦。季节管不住这些蔬菜了，想长就长。乱了，真是乱了。

可种菜人心里明白，大棚里的蔬菜由于日光照不多，长的时间不够，样子虽好看，最致命的弱点是味淡，妈妈说吃不出"那个味"。

那会儿，我结婚不久，在学校教书。妈妈家在农村，离我们的学校有三十多里地。妈妈常会隔些时候到学校来看我们，来的时候带些地里长的绿豆什么的，也会带些菜地里的茄子之类的蔬菜。我们吩咐她，大老远的，这些东西市场上都能买到，不要费那么多事的。妈妈点头，可每次来的时候她还是把一只蛇皮口袋装得满满的。

妈妈近乎固执的样子也遭到了爱人的"指责"。妈妈只是笑：都是家里地里长的。仿佛我们这些"家里人"就该要分享这些，她才心安似的。

那年秋末，爱人怀孕了，胃口极差，吃东西有时还会吐。妈妈来的时候为我们尽可能地烧些可口的饭菜。也真是的，爱人除了喜欢吃青椒炒肉丝之外，其他的菜并没有多大兴趣。我笑，"酸儿椒女"，生的一定是个女孩。妈妈跟言，男孩女孩还不都一样，她也笑。妈妈每个星期都会赶来学校，她依旧拎着那只蛇皮口袋，只是口袋里装的都是青椒。妈妈像是算计好了，在青椒将尽的时候她就来了。

下霜了，下雪了，菜场里除了大白菜、萝卜什么的，并没有多少绿色蔬菜。记忆中那会儿也没有大棚的，可爱人还能吃到青椒，虽说她妊娠反应很重，可每天她还是吃得有滋有味的。

春节回妈妈家的时候，地上结满了冰，蔬菜更是金贵。可吃饭的时候，爱人还是能吃到可口的青椒炒肉丝，我惊讶。

饭毕，父亲道出了这个秘密，原来，妈妈在朝南的檐下挖了口地窖。地窖里暖和，为保温保湿，妈妈又在地窖里堆满了草木灰，把青椒埋在草木灰里。为积攒爱人爱吃的青椒，妈妈一家人一个秋天也没舍得吃一只青椒。要知道，辣椒在农村可是"当家"蔬菜呀。原汁原味的关爱，又哪里只是埋在草木灰里的青椒，还有挚爱的亲人。

生命之味

"给你王伯烧几张纸吧。"

王伯死了。

妈妈掏出手绢，继而，我跟着妈妈也一同哽咽起来。这记忆中的红糖味，怕是没有人能品尝出来的。

一晃，五十多年过去了。

王伯耳朵背，听不清话。我们唤他"聋伯"。

我出生的时候正是人民公社吃"大食堂"的时候。大食堂后来吃的多是稀饭。"一吸两条沟，一喝呼呼响"，稀饭也多是豆粕、碎米、青菜等煮的，这能照见人影子的粥对于刚出生不久的婴儿来说哪里能吃好呢。家里没有更多的米。母亲脸色蜡黄，父亲也没有更多的办法。聋伯看不过去了，见着父亲，压低了声音："孩子这么小，这样下去非'糟了'不可！"

"糟了"就是死了。聋伯没再声张，只是在父亲回家的时候塞给父亲一只热乎乎的"白袜子"。这白袜子就是个白布缝的白布兜。

接过白布兜，父亲很木然。其实，他也只能这样，父亲很无奈。父亲和聋叔之间的私下"交接"终究还是败露了，这让聋伯受了苦。

父亲每天都拿着这只热乎乎的白袜子回家。母亲说，我那会儿一见到那只白袜子，便手脚朝天，一块儿向空中比画，激动得很，小嘴不停地哼哼，而流出口水来。

要不是有人揭露事情的真相，没有人会知道白袜子里的秘密的。

原来，那只白袜子里是煮熟的拌有红糖的米！

聋伯是"大食堂"的伙夫，就是烧饭的。聋伯那天"训斥"过父亲之后便有了自己的主张。他利用自己"克扣"的小半把米放在那只白布兜里，把那只白布兜放在大锅里。没有人知道，那只热气腾腾的粥锅里，会有一只白布兜。每天在熬粥的时候，聋伯都会悄悄把白布兜放在锅里一块儿煮。虽说热气多，也有上下翻滚的菜叶等遮着，聋伯还是小心翼翼。哪知那天有一个社员提前回来吃饭，恰巧聋伯又出去小解，社员盛饭的时候尖叫起来，发现了锅里竟然有一只"袜子"！

平日里，聋伯会掐准时间把白布兜捞出来，倒在一只碗里，然后，在锅里撒几粒红糖。那年月，红糖是金贵之物，社员们也有叫红糖"古巴糖"的，大概红糖是进口产品，少有人家能吃到红糖的。恰巧聋伯的妻子生产，正在家里坐月子。乡俗里，坐月子的女人要吃红糖的。其实，聋伯家的那一斤红糖也是出"来郎礼"的一个城里的亲戚送的。聋伯家没有更多的红糖。聋伯就让他妻子省着吃，每天带一小撮红糖放在碗里拌匀，然后把拌过的有红糖汁的粥再装进布兜里让父亲带回家去。

因着布兜里那浸满红糖汁的粥，我手舞足蹈。歌之，舞之，足之，蹈之，甜味的滋养，爱的滋养，在我生命的基因里，一小撮红糖，让我品尝出了生命之味。

妈妈说，有了红糖米粥的喂食，我胃口大开，每天都能把那一布兜的粥吃得干干净净，我也被养得白白胖胖。

社员"尖叫"之后，聋伯遭了殃。

聋伯原来成分就不好，是地主。审讯他的时候他就是不开口，这让队长很是生气。经队委会研究，要给聋伯一点颜色看看，地主还想叫我们贫下中农"吃二茬苦，受二茬罪"，这还了得？想到他妻子在家坐月子，队委会明白了，这半袋粥是带回家给自己的孩子吃的。一直到好些年之后，"贫下中农"又是"一千个不答应，一万个不答应"。一番风雨之后，聋伯承认了自己的"罪行"。

聋伯点头了。

妈妈每每说到这儿的时候就流泪了。聋伯始终没有出卖我们，他自己把事情担下来了。其实，聋伯哪里是自己承认的呀，他是叫几个红卫兵掌掴的。几个红卫兵轮番上阵，聋伯两耳流血、穿孔。聋伯的耳朵被掴聋了，他根本就听不到，他所能做的，就是在红卫兵面前点头。社员之后就喊他"聋子"。妈妈自然不允许我们这么叫，嘱咐我们要叫他"聋伯"。

"聋伯太苦了。"在妈妈的唠叨之中，我可以想象，聋伯受了多少不公正的待遇。妈妈在说这话的时候，多会望着我，好像是我小时候的"甜蜜生活"而使聋伯遭罪似的。

每年过年的时候，妈妈都会吩咐我们给聋伯送些糖果、食品等礼物。每每我们有所埋怨，觉得有人对他不公，提到他对我们的好，聋伯都会笑，轻描淡写的样子，好像这些话他都能听到，好像他知道我们说的是什么。不过，他常转过身来，很认真的样子："红糖甜，红糖是好东西！"他所夸说的只是红糖，好像所有的记忆都是甜美的，所有的苦，聋伯也都一笑而过。

年关将近，妈妈一边叹息，一边吩咐我们多买些纸钱。聋伯前些日去世了。一段与红糖有关的记忆永远留在了我的心里。这是爱的味道，这是生命的味道。